汪經昌著

南北曲小令譜

中華書局印行

南北曲小令譜

二卷

癸卯上巳

薇史自署

癸卯上巳
小浣玉齋

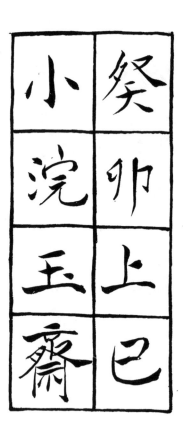

民國初建學府咸推長洲吳瞿安先生梅為曲聖誠以先生之於曲也於藏弆於鐫刻於考訂於製作於歌唱於吹奏於擫演幾乎無一不精於文辭於音律於家數於源流於掌故於著錄於論評又幾乎無一不究蓋集衆長於一身懷絕學以終世天下一人而已余弱冠游南雍嘗與聞先生之緒論獲接先生之杖履顧其時方從蘄春黃季剛先生侃治經學小學沈思於天人之際寄意於聲畫之閒未能好先生之學也迨掌教上庠承乏授曲始重檢先生之書徧讀

之旁及江都任訥二北金陵盧前冀野諸君子
之書以備參稽嘗謂二北得先生之考訂冀野
得先生之製作數從學之士類皆得先生之一
體解有似先生之全能者而於審音正律尋聲
製譜則咸若未敢問津焉夫曲本樂章聲詞相
合苟不能辨簫管絃索之用明宮商板眼之變
知華夷雅俗之別識剛柔抗墜之宜而徒輯佚
索隱以博學炫俗覓句尋章以雋才警世此誠
所謂但窺枝葉而不見根幹但觀波瀾而未覩
本源者也竊疑傳先生之衣鉢者不當若是已

丑之夏避地臺員寄寓新竹與洞庭汪經昌薇史比鄰而居朝夕相見偶與縱論及於曲學薇史娓娓如數家珍混混如湧原泉余媿不能測其深淺驚而問之始知薇史以鄉世姪侍先生久少既嗜聲律如性命又喜與曲師相印證苟有所得必請益於先生苟有所疑亦必就正於先生故辨音能淵淵入微論律能絲絲入扣余然後恍然悟先生之真傳實在此也顧薇史深藏若虛不喜著述以是知之者鮮余深惜之會臺灣省立師範大學有曲學講席而難其人國

文系主任大冶程旨雲先生發軔求賢若渴就
商於余余曰薇史可當為君致之薇史亦以發
揚先師絕學自任於是登壇開講宣曲藝之精
微闢戶述作傳吳門之薪火不數年間聲名鵲
起絳帳揚鼓琴吹笛之風青衿識奏雅歌詩之
趣而曲學例釋中原音韻講疏南北詞小令譜
又相繼成書然後治曲必究於律研律必本於
樂之道始大明於世余知瞿安先生地下有知
亦必莞爾而笑曰二北考訂龔野創作豈足以
盡吾之學哉闡明音律直探本源如薇史之為

者庶幾得吾之意乎今薇史以南北曲小令譜
抵余問序余何足以序薇史之書使瞿安先生
健在必能持其南北詞簡譜以與薇史商榷異
同若余淺學夫何能為力余於是不能不深悔
歸之未能好先生之學也因率書所感以歸之
癸卯二月二十日高郵高明謹序

南北詞譜律之書夥矣顧六百年來南北小令專譜尚闕然無聞者何哉績學之士不足為協律之士不必為也南北十三調之詞實盛於元至元中葉以降歷明洪永宣正諸朝然在洪武之時北音已漸凌亂譜律乃不得不作嘉靖以後水磨調興虎賁中郎差成貌似於是南北譜律之纂輯更乘時而接踵焉當南北詞之盛也曲牌成腔於口宮調分明於耳悲歡離合之節緩促承轉之律不費曉喻自爾湊合當筵押調按詞度聲機趣天成寧必知樂章甘苦為何事

此績學之士蓋有所不足為者復何待譜律之啟發迨後宮調雖稍稍凌替而餘音未泯周郎顧誤猶能特牌目標題以為聯套樞柤固已聲情次第每逐俗謳於是唯譜律是賴釐訂句法判立板式以備知音者開卷尋繹得明每一曲牌本格使牌調層次瞭然於胷則某曲或宜聯用某曲或宜小唱有不待言即自知者故諸譜律騖求淹博不煩瑣細原供隅反之資詎備蒙習之教此小令專譜蓋又協律之士所不必為者而孰知時運乘除元音易散對此前人譜律

述作提要鈎玄所以謀乎振聾發聵者今竟更賴振聾發聵以讀之是豈一時訂譜者之用心耶鞠通生嘗有解酲樂云論散曲是傳奇餘響怪刊行亥豕當行鑴成又恐非時尚將掩卷案頭藏祇得把連篇套數供絲竹撇下清歌小令腔前摹足傚曷不選南詞韵選聯式端詳固知小令體製之湮晦實履冰堅特明末清初尚告朔餼羊能存其禮若夫今日殆惟西笑以望長安耳然則小令專譜在昔所不足為不必為者而在今抑或有其弗能恝置者在僕萍旅送年

書城託命投老猶難脫出語業一關暇輒紀理
成說勒茲南北曲小令譜二卷屬筆戊戌藏稿
癸卯幾經竄訂時亦歷逾五寒暑作無益事遣
有涯生狼藉鉛黃徒呼負負而已昭陽單閼上
巳日薇史自記於小沆玉齋

例略

一・明體例

南北牌調・合計逾千・究其體例・不外兩類・一為單用曲・一為聯用曲・單用曲牌・多供小唱・即入套內亦不與他曲相聯・南北小令體例・本以單用曲為限・末世紛華・就聯用曲中擇其聲調流美者・摘出單唱・遂有摘調小令之設・是知小令範圍有限・固不得隨意拈調・以亂體制・本譜著錄・祇限適宜小令之牌調・並以前輩小令曲文為程

式偶因協律所繫。間錄散曲。亦輒附引小令成作以相印證。至諸聯套曲牌。則概不涉及。指水知鹽。聊試咀嚼。若求宏博。可讀舊譜。

一。辨主從

南北牌調。有主從之別。北詞正曲與引煞。南詞過曲與引尾。每一牌調。或正或變均有原格。皆本曲也。兼帶集犯。因本曲而生。無固定原格。皆旁曲也。不容相混。凡聯綴兩三隻正曲。而別成一隻曲者。謂之兼帶。

通稱為帶過或簡稱曰帶。按諸音律。實有區分。相帶之曲。彼此音量相等者為兼。不等者為帶過。此固非詞人本務。然詞章勝處。倘與律協。更稱合璧。至於犯調。僅限南宮。截取諸正曲句調。以組織一曲者。謂之犯曲。無論兼帶或犯曲。均係就本曲生調。靈慧所及。格式從心。孳乳隨時。網羅難備。本譜僅就昔賢小令中有成例可援者。登錄備式。否則寧缺毋濫。固知挂漏之譏。在所不免。

一慎格句

南北小令固限體例亦限格局如北快活年並見黃鐘及雙調列在黃鐘者入套用列在雙調者則可作小令此同名異體不相通混之例也如北刮地風一調舊譜多以則被這幾對兒毛團迤逗咯一隻為首格而作小令則常用旁格春日凝妝上翠樓一隻體式此小令對同牌異格之調慎擇首從之例也北大石青杏子畧去么篇限入套曲合么篇列入小石稱青杏兒兼

作小令此小令對么篇之曲或省或用之例也至若北念奴嬌作小令則改題百字令之類是小令題名甚至亦須斟酌凡諸規矩或係援據板式或竟率由舊章若執一而論必互矛盾本譜著錄各調咸參據小令板式兼考名家成例但求徵引有源不敢游目旁采

一究板式

南北曲調只度悉賴板式而立其在音律言之乃有段落其在詞章言之乃有句法

北板固可挪移。但仍有一定通例。南板則屬固定。失之毫釐。格局皆亂。正本清源。必從究明板式入手。舊譜每誤俗刻。板符迷離。本譜爰究明成規。著錄頭腰絕三板概以「丶」「乚」「一」表之。其板式可省用無常者。則以「﹆」「∟」「＝」表之。北調因可挪借。南調犯曲。因無本格。均不明紀板數。但仍逐句點板。以供稽核正襯。惟北調點板。間或參照通例。酌予增減。至南調正曲。除按句點板外。並於每一曲牌下明繫板數。其南北板式原已失傳。而爲水磨調興起後所補塡者。
則仍著其闕失。弗錄板位度期。本源可尋。
以免末流相亂。

一。識句法

南北牌調。皆具一定句法。如七字句。或應作上三下四。或應作上四下三。各有規矩。本依板式而分明。然學士逞才。往往專騖詞章。不顧板式。遂致文義與句法相互齟齬。舊譜輒半依板式。半全文理。仁智各見。聚訟乃興。本譜悉據板式斷句。藉期劃一。

其不合之處並一一註明規圓矩方協律所賴若謂割裂文義唐突名賢則吾豈敢

一分正襯

正襯之分所以判明句法南調襯字有限尚不難為分別北調則往往襯多於正句稽較費斟酌詞章家以文理為先望義剖析遂多意見欲期分襯有據惟依板式而求板式一定句法以立孰正孰襯自有準衡若專就字義分襯以正句法實尚非根本之計本譜勘定正襯悉以板式為依據

文義能合者。固不敢妄加割裂。若用襯失律。則寧捨詞就板。協律儆衷。不辭拘執。

一　判宮調

南北宮調名稱皆同。而笛色間異。雖本唐宋大樂舊規。其實零落已多。而又混替俗名。舊譜所列宮調。遂致紛歧不一。本譜著錄。北依丹邱正音。南參沈呂兩譜。酌定宮調題名次第。並備註宮調正名及笛色。（南宮正名。參見北宮。不再複列。）至南宮仙呂入雙調。本係利濟聯套而設。固非律次本等茲仍遵九宮大成各歸本宮其尚有宮調分合失適之處並參照九宮譜定北詞廣正譜南北詞簡譜諸書酌予變通改訂惟本譜以祇錄小令遂不能備羅宮調非故缺失實限體例

一遵韻協

四聲陰陽之說肇立雖晚而協律殊尚北調祇用三聲呼撮所關家麻車遮不容含混南調四聲俱備上去尤嚴陰陽之辨出口與收口並重至若一調或聲應隨字轉

或字應就律聲。又須交輔為用。本譜於字必就律處。則旁註明平仄兩可之間。則旁註明可平可仄。權變之字。則旁註明宜平宜仄。必守四聲之字。則旁註明平上去入。必守陰陽之處。則旁註明陰陽平仄。至於聲隨字轉之處。不妨高下在心。更不旁註。以省煩消。住聲之處。首住。則旁註明韵字。次住。則旁註明叶字。失住。則旁註明應叶。誤住。則旁註明應句。至權變之處。則旁註明宜叶。藉清眉目而便省覽。

一批駁襍

南北曲牌本殘襲唐宋大曲詩餘南北俗曲及襍揉遼金元各期胡樂洎十三調之名既立乃若化同六合元初猶用諸宮調固是襲宋大曲殘緒至至元泰定前後白太素關漢卿輩始按十三調填詞於是院本與襍劇分而為二今南北曲譜所錄均以十三調之曲牌為準而襍音交乘又不免冒襲或以琴調冒曲如陽關三疊之類或以詩餘亂曲如大成譜所錄巫山一段雲一剪梅江南春慢上行杯等曲均係以水磨調唱詩餘原非詞腔更乖曲格又砕金詞譜所紀詞腔同蹈此失均不足採信或以南口誤北如漢東山喜梧桐之類或雖入北詞實係南口

以夙謳竄曲。如鬭打兎、八寶妝之類，在諸宮調時即已混入。或以襍製混曲。如一口氣、銀紐絲、雙調鎖南枝、半插羅江怨及喜連聲之類，皆係一隅俚調，其間或偶同南北詞牌名，然實不相干涉。明人喜異，輒以原腔闌入水磨調，猶今亂彈班混唱打櫻桃一類紐絲腔也。而文士又復弄詞，存入私集，致與詞餘並列。今流傳明人趙夢白樂府中猶可觸目皆是。本屬前輩戲墨，奈何後學不察。魚目之混，莫此為甚。此類曲牌，恍如化外流蠻，雖强事羈縻，實未嘗納款易俗，自與同服向化者不能並擬。撫輯征除，應有權衡。本譜爰別立襍調一門。其在十三調舊調中業已習用者，除仍隸附各宮之後，錄其程式並

酌存節拍外凡冒竄失經聲調不明板式不合而又為元明清三代譜錄所或不廢者則概入襯調其見諸私集無譜錄可據者則概予刪略以杜混亂

一 善存疑

南北牌調既乘時蛻變品彙遂襍自體製言之唐宋大曲殘遺牌調自入諸宮調後於是破後諸曲面目全非自諸宮調中所用各曲一變而為絃索十三調後於是南地襯題亦尋隙漸混北口如北調山坡羊之外更混稱山

坡裏羊。貨郎兒之外更有轉調是也。其實弦索調本以三弦為主而輔以簫管。蓋已俯北循南。於是南地移犯襍製。如二犯白苧歌等曲。遂逐漸混亂北口。今大成廣正諸譜間存犯調北詞。應屬沿采冒襲。未加剔別。若究十三調北格。袛可借宮。固無集犯。自腔格言之。南北十三調。一厄於青陽四平。再厄於海鹽弋陽。終竝熸於水磨之拍捱冷板。一時興一時之腔。一時變一時之用。在大曲中或屬嘌唱者。在十三調內則或類琹引。而入水磨後。則又或具板眼。或成散板。如南調象牙床錦法經等類。一入水磨皆具宕眼。如南鄉子鴣鴣天等類。一入水磨皆成散板。專作引子。小令既限以單用為主。摘調為輔。復更限用具有板眼之正曲與兼犯。至散板一類曲牌。縱係單用。亦不可權作小唱。蓋小令樂章至促。而一曲流轉之勢。繫諸板眼。散板祇能表輕重。弗達迂迴。自無一定腔格。如何能寄唱其抑揚情韵。是則一調能否作小令。必以腔有定格律屬單用為歸。科判分明。本不致有何例外。顧唐宋以降。小令之名不變。而其曲牌則每因時腔蛻變。累易其用。同一傳言玉女也。在唐宋大曲作正唱。入詩餘作嘌唱皆屬有拍之曲。一入絃索十二調。翻自大曲者成正唱。列黃鐘正曲。襲自詩餘者成散板。當黃鐘引子。同一醉春風也。在詩餘作嘌唱。入弦索十三調。兼作摘調點板。及水磨興起。又純成散板。故大成譜中四格皆註散板。僅一格註紀板眼。至其他各譜。則從水磨之變。均作散板。於是七國奸臣詔一隻。本係套曲。雍熙載入散套。而樂府群珠則摘作小令。同一小絡絲娘也。在弦索調中或兼具小令唱法索弦頓斷。固可配應散板。

若曲句皆清唱。每一隹聲則絃聲作而衆聲齊和。亦復協聽。今高腔唱法猶足參證

而今為水磨所泯。以其供煞場之用。遂概歸作散板。於是諸譜皆視同散調。獨玄玉標明可作小令。凡此因時變幻。遂致一代譜錄。難盡一代流用。而嗣譜互作。乃若接踵。前後齟齬。每各尚所是。後之覽者。若不先明本源。定迷瞻顧。詎必彼謬而此正。實緣非是而今非。故後塵追步。萬不可獨任芳躅。妄疑前軌。惟賴尊聞缺疑。庶免左右

右今。徒蹈溺陷。本譜所錄。因並參考前輩

成作以定取捨。凡水磨調散板諸單用曲。或前輩小令罕用之牌調。雖舊譜列作小唱。茲皆敬謹列目。弗登程式。其見諸各小令私集。而為舊譜所不收者。或板式雖符小令。但無小令成作可援者。亦並存目。以備檢竅。至南調犯曲。除一二聯板有關未宜小唱外。大都可供令詞選用。茲祇錄昔賢習用調牌。其餘板式相宜而諸家小令復所弗及者。則舊譜具在。儘可尋檢。概不備錄。惟南北小令。向無專譜。近人有廣中原音韻四十定格之作。實屬選本性質。未便視同譜錄。本稿客中草創。更慨藏編散盡。蠹食難饜。罅漏補苴。敢期君子。

南北曲小令譜總目

下卷

南宮小令解旨

南宮小令類題

南宮小令存目計二十一章

南北曲小令譜卷上

汪經昌薇史纂述　弟子郁元英校閱

北宮小令解旨

一　北宮曲牌據欽定曲譜載目計三百餘章。北詞廣正譜載目凡四百餘章。大成九宮譜則存錄所及幾近六百章。但不少一調誤列二名。或附會存調。若按太和正音譜所錄曲牌數目。則為黃鐘二十四章。正宮二十五章。大石調二十一章。小石調五章。仙呂四十二章。中呂三十二章。南呂二十一章。雙調一百章。越調三十五章。商調六章。商角調六章。般涉調八章。故北詞曲牌總數。實際當爲三百三十五章左右。（其中小石。商角。般涉三調曲牌。元曲套數中不甚用。及。故陶九成輟耕錄祇存二百三十章。）然堪併製小令者約僅三分之一。其餘均係入套不能假借。

一　北宮小令。原以單用曲爲限。單用曲者。或不入套。或獨立套內。不與前後牌調相關聯。此類曲牌。估數不多。其後摘調既作。就套內流美之曲。摘出單唱。於是增益摘調小令。迨兼帶一作。小令取材愈廣。茲以正音譜爲準。更旁收符於小令之牌調。勘定北宮小令計本調黃鍾八章。正宮十章。大石二章。小石二章。仙呂十七章。中呂十六章。南呂七章。雙調四十章。越調七章。商調八章。共一百一十有七章。其兼帶及諸襯曲雖附存體式。以非本調。概未計入。

一　兼帶曲式。原濟借宮之窮。北調衹有套內借宮。而無隻曲犯調。貨郎兒之九轉。仍係翻調。然已視同例外。可知北詞從無隻曲他犯者。北詞牌中如二犯白苧歌。農樂歌。兼破雁兒落沙子兒。攤破清江引之類。均係襲積傳之舊稱。入北詞絃索調內。實未犯聲。至於兼帶。所以避相犯之名而以

兩調或三調聯唱。通稱為兼或帶過。按樂律言
之。二曲音程相等曰兼。互見輕重曰帶過。凡笛
色相同。節拍相接。聲情相當之曲。皆可運用慧
心。取配成式。故兼帶曲式。既非本調。亦非定格。
孳乳日繁。南調因亦有兼帶之設。於是北帶北。
南帶南。南北互帶。體製日新。殆難備列。茲僅就
習用較久者。分別附繫於南北各本調之後。聊
廣曲思。若求全備。則期諸通雅。
一　北宮牌調。句法正襯。須參詳板式而定。雖
斷句貴求通順。然板式為成調之本。未宜盡憑

文字。望義剖析。北詞板式。以可挪移增減。遂易視為板無定格。不知所謂挪移增減。絕非漫無準繩。譬如三字句。通例第二字點作頭板。或第一三字。均點頭板。而七弟兄駡玉郎末句。徐于室往往變作第一字點頭板。第二字點腰板。第三字點頭板及截板張雲莊七弟兄末句似瘋魔。散套駡玉郎末句黃柑傳。舊譜均變作此式。列式雖異。其實腰板位置。係就第一字頭板順延。該處腰板半縮第一字之尾。半縮第二字之頭。雖成坐二應一之象。實等將第一字頭板順延半拍而已。截板之增。又係據第三字頭板而延長。固知此二一句基本板式為一三兩字均點頭板也。又如六字句。通例第二三第六字各點頭板第四字點截板或腰板。亦可在第一三五各字均點頭板。而中呂醉高歌首句。徐于室變作三五兩字點頭板。第六字點截板。如陳克明醉高歌更闌香冷金鑪是也。此截板係就第六字頭板位置而變移並藉截板之延長。以替第四字腰板之延宕是則此句本格固分明具在。而變易之跡釐然可見。由此言之。北詞板式變動。皆有本格依據。不明本格。則流變滋惑。正襯句法。遂失準則。茲將北詞點板通式。表舉如次。左表所列句法。祗按正字計算。

襯字不計在內。左表所舉板式。僅屬基本常例。諸凡增減挪借。皆緣此而變化。亦不複列。

句法	點板通例	例式
二字句	(一)第二字點頭板或點頭板及截板。	六么遍第八句式。神曲纏首句式
	(二)第一字第二字各點頭板。	得勝令第五句式。
三字句	(一)第一第三字各點頭板。	漢東山末句式。
	(二)第二字點頭板或第二字第三字各點頭板。	水仙子第七句及漢東山第六句式。
四字句	(一)第一第四字點頭板。	鵲踏枝第四句式。
	(二)第三字點頭板。	十棒鼓第三句式。
	(三)第一第四字點頭板第二字點截板。	小梁州第二句式。
五字句	(一)第一第五字點頭板。	叨叨令第五六兩句式。

	(二)第二第五字點頭板。	漢東山首句式。
	(三)第一第三第五字點頭板。	漢東山第一二三兩句式。
	(四)第一第五字點頭板。第二字點腰板。	遊四門末句式。
六字句	(一)第二第四第六字點頭板。折腰句法。	攤破喜春來第三句式。
	(二)第三第六字點頭板。第四字點截板或腰板。句法上二下四。	百字令第末句式。
七字句	(一)第一第三第五第七字點頭板。句法上四下三。	小梁州首句式。
	(二)第一第三第五第七字點頭板。第六字點腰板。句法上四下三。	翠群腰末句式。
	(三)第一四六字點頭板。第七字點截板。句法上三下四。	脫布衫第二句式。
	(四)第四第七字點頭板。第五字點截板。句法上三下四。	脫布衫換頭第二句式。

以上乃北詞板式之通例。北詞多襯。有時襯

多於正。為趕板不及。往往移板就襯。然決非襯上加板。其挪借之處。實循前列通例作變化之依據。而正襯虛實。憑此辨析。若昧忽板式通例。則移板就襯之跡不明。必誤為襯上可以當板。遂致以襯作正。夫移板就襯。猶口語上之墊詞。祇利永言而義仍一。或墊。或簡。均不損及詞義。北詞正襯板式之挪借。亦祇能徐速其口氣。決不可變更其句法。經緯截圖。紛歧不迷。將遵板例。毋眩詞章。

北宮小令類題

黃鍾宮錄本調八章

出隊子

刮地風

節節高節一作接

者刺古

賀聖朝與中呂商調各不同。

紅錦袍一名紅衲襖又作紅綿袍。

晝夜樂

人月圓

正宮錄本調十章。附兼帶二章。

叨叨令
塞鴻秋
脫布衫
小梁州
小梁州帶過南風入松
脫布衫帶過小梁州
醉太平 一名凌波曲
白鶴子
雙鴛鴦 一入中呂
黑漆弩 一名學士吟 又名鸚鵡曲

甘草子

漢東山

北大石調　錄本調二章

百字令　即念奴嬌。一名酹江月又名古梅曲。在套內題作念奴嬌。作小令題為百字令有板眼。

初生月兒

北小石調　錄本調二章

青杏兒　在大石稱青杏。子。略去么篇入套曲。在小石稱青杏兒。合么篇作小令。

天上謠

北仙呂宮 錄本調十七章 附兼帶一章

賞花時

那吒令

鵲踏枝

寄生草

醉中天

金盞兒 一名碎金盞。又作醉金盞。與雙調金盞子不同。

醉扶歸

憶王孫 一名畫蛾眉。明人別題作柳外樓。舊譜一調兩收。誤。

一半兒 去兩兒子作襯。且不用半云云。而改用他語。即屬憶王孫句格。

遊四門

後庭花 後或作后。非。一名玉樹後庭花。

青哥兒 哥一作歌

後庭花帶過青哥兒

六么遍

四季花 亦入商調

三番玉人

錦橙梅

太常引

北中呂宮 錄本調十六章。附兼帶十一章

醉春風 亦入正宮雙調

迎仙客

紅繡鞋 一名朱履曲亦入正宮

普天樂 即正宮黃梅雨作小令恒入中宮。題稱普天樂。

醉高歌 一名最高樓

醉高歌帶過紅繡鞋

喜春來 一名陽春曲。又名惜芳春。亦入正宮

醉高歌帶過喜春來

上小樓 一入正宮

滿庭芳 一名滿庭霜。亦入正宮仙呂。與詩餘不同。

上小樓帶過滿庭芳

滿庭芳帶過清江引

十二月帶過堯民歌

剔銀燈

蔓青菜

朝天子 一名謁金門。亦入正宮雙調。

快活三帶過朝天子

四邊靜

快活三帶過朝天子四邊靜

快活三帶過朝天子四換頭

齊天樂帶過紅衫兒

蘇武持節 本名山坡羊。出入黃鐘中呂明人強分二體別題作山坡裏羊。

山坡羊帶過青哥兒

賣花聲 一名昇平樂第二格。又名秋雲冷。亦作秋雲冷孩兒。

攤破喜春來

醉高歌帶過攤破喜春來

喬捉蛇

北南呂宮 錄本調七章 附兼帶二章

罵玉郎 一名瑶華令

感皇恩

採茶歌 一名楚江秋

罵玉郎帶過感皇恩採茶歌

四塊玉

四塊玉帶過罵玉郎感皇恩採茶歌

鬬金經 一名金字經又名西番經亦入雙調

乾荷葉 一名翠盤秋出入中呂雙調

玉交枝 一作玉嬌枝亦入雙調

北雙調 錄本調四十章附兼帶十一章

駐馬聽

沉醉東風

步步嬌　一名潘妃曲

慶宣和

月上海棠

慶東原　一作慶東園。又名鄆城春。

撥不斷　一名續斷絃。又名錢絲絃。

落梅風　一名壽陽曲

風入松

得勝令　一名凱歌回。又名陣陣贏。亦入商調。

雁兒落帶過得勝令　雁兒落一名平沙落雁。明人將此帶過曲改題為鴻歸浦。

雁兒落帶過清江引

雁兒落帶過清江引碧玉簫

水仙子　一名凌波仙。又名湘妃怨。馮夷曲。出入中呂南呂。

大德歌

殿前歡　一名小婦孩兒。又名鳳將雛。亦作鳳引雛。燕引雛。

折桂令　一名秋風第一枝。又名天香引。蟾宮曲。步蟾宮。

百字折桂令

水仙子帶過折桂令

清江引在北題清江引。在南去乙凡。亦題江兒水。作小令點板唱。入套數或引或煞或疊用組場。

春閨怨一入商調

搗練子一名胡搗練

側磚兒帶過竹枝歌

沽美酒帶過太平令

快活年與黃鍾不同

沽美酒帶過快活年

梅花酒帶過七弟兄

胡十八

阿那忽　那忽一作納忽。或混作阿忽令彼此同式異譜。仍是兩調。

河西水仙子

華嚴讚

碧玉簫

祆神急　與仙呂小同

驟雨打新荷　舊名小聖樂。

得勝樂

一錠銀

一錠銀帶過大德樂

楚天遙帶過清江引

新時令

山丹花

十棒鼓

殿前喜

播海令

對玉環帶過清江引

青玉案

魚遊春水

秋江送 一入商調

枳郎兒

河西六娘子

皂旗兒

牡丹春

北越調錄本調七章附兼帶一章

小桃紅一名採蓮曲。又名武陵春。絳桃春。平湖樂。

天淨沙一名塞上秋

寨兒令一名柳營曲。與黃鐘不同。

黃薔薇

黃薔薇帶過慶元貞

凭闌人

梅花引

南鄉子

北商調 錄本調八章

金菊香

梧葉兒

百字知秋令

醋葫蘆

望遠行

鳳鸞吟

玉抱肚

秦樓月

北商角調　省

北般涉調　省

附錄襍調　以次均係依附十三調舊稱。及不知宮調之雜曲。

大石

陽門三疊　本琴調。竄入北北大石。正音譜廣正譜。均見登錄。因徵列備式。

喜梧桐　由南入北。唱口不清。茲據廣正譜登錄。並附入襍調。

雙調

掃晴娘　明朱有燉自度腔。比附雙調。九宮大成譜雖見登錄。究非十三調舊詞。因入襍調。

商調

涼亭樂 襍曲。見收於九宮大成譜。宮調亦係冒襲。並非純聲。茲據廣正譜徵列。

滿堂紅 襍曲見收於大成廣正諸譜。冒襲商調舊名。並非正聲。茲據廣正譜徵列。

芭蕉延壽 襍曲。見收於大成九宮譜。亦非正聲。茲據廣正譜徵列。

北宮小令存目

或前輩小令少見。或經舊譜著錄。但與小令板式不合。坊著目不錄式。

雙調

楚天遙 板式符合小令。且係單用。但前輩小令甚少用及。存目備查。

高平

糖多令 單用曲。但係散板。不適小令。存目備查。

于飛樂 舊列高平調中。板式改訂。與諸宮調及十三調均不合。

越調

小絡絲娘 李玄玉列作小令。細核板式不合。存目備查。

北宮小令譜

北黃鍾宮 此黃鍾係無射宮之俗名。宮 内各曲用六字或正工調。

出隊子 △摘調小令

若說道 幽軒精緻(韵)看 周遭竹數圍(叶) 微風時
（平平平仄 作上 宜上平宜仄）

動五鈴騷(叶) 晝睡遙聞野鶴啼(叶) 午日當窗猶
（去仄平宜平 宜上去 上應去 上作去）

未起(叶) 朱讓栩小令
（去上）

斠律 本調源出諸宮調。入曲後以聯用為主。採為小令。係屬摘唱。通體五句。以平平仄起式第三句以上平仄去仄平平為常格。末句又可平平煞。然以仄煞為宜。讓梱茲作上去搭配殊未全合竹數圍句宜平仄平竹字本入作上乃以陰上與陽平呼轉相近權相通假野鶴啼句鶴字本入作平今又以代去實則晝睡野鶴午日未起拗宜嚴守上去此調尚有幺篇換頭以作小令例須重頭遂不帶用因略去

刮地風　△摘調小令

慵整雲鬟懶畫眉（韻）此恨誰知（叶）有情何怕隔（作上）年期（叶）總是呆癡（叶）清明天氣（增句）女流閑戲（增叶）鬪蹴秋千（增句）有情無意（增叶）楊花正亂飛（句）鶯聲

不住啼（叶）睡夢裏過了寒食（叶）　去上平作平　趙顯宏小令

【斠律】本調源出諸宮調。入曲後。格調句法。舊譜互有增減。體式不一。作小令則以此曲為式。其餘各體。通常入套聯用。本調在總是呆癡句下。花亂飛句上。可以增句。但句法為仄仄平平或平平仄仄耳。又此曲係刮地風減格。較正格減去末五字及四字各一句。長洲吳先生霜厓云。湯舜民嬌紅記覓兩尋雲一曲。是此調正格。以入套聯用。茲不採錄。

節節高 △摘調小令

雨晴雲散(句)滿江明月(作去)(韻)風微(去)浪(作上)息(句)扁舟一(作上)

葉(作去)(叶)半夜心(句)三生夢(句)萬(去)里(上)別(作平)(叶)悶(去)倚(上)蓬窗

睡些(叶)　盧摯小令

斠律　本調與仙呂村裏迓鼓每互蒙其

名。節節兩字一作接接。末句可平仄兩煞。

疏齋此曲。家麻車遮同叶。不可從。

者剌古　△摘調小令

揀山林好處居(韻)蓋(上)草(去)舍茅廬(叶)引巖泉入(作去)圃

渠(叶)澆野(上)菜(去)山蔬(叶)窮生涯自足(作上)(叶)遠是非榮

一疊。自有北曲。未有如是之長曲也。獨正音譜舊刋。分析至當。而襯字亦未確切。蓋以聽咱兩字作正。遂致換頭第二句。與上疊第二句。不能相符。至景物堪三字。固當作襯。但廣正譜於此句上特點兩板。因未敢强為分別。而下疊鬢髮鬛鬖句下。遂少三字一語。若將景物堪三字作襯。則前後俱無窒礙。又此為趙顯宏四時詞。尚有夏冬三首。上疊停驂云云嘯餘譜作為疊句格。欽定譜仍之。殊不知其他三首不通也。

如夏詞云因何因何不共泛清波。秋詞云懨懨懨懨恨壓損眉尖。冬詞云飄飄飄飄地亂舞瓊瑤。若從疊處斷句。尚成文理否。甚矣分析此曲之難也。按一曲換頭中幅以後句法通常與上隻相同。吳先生論景物堪三字理當作襯。自屬可信。惟以廣正譜特點二一板。遂不肯師心自用。此正前輩尊聞闕疑之義。茲仍照廣正譜原格登錄。其餘句法正襯。均依長洲簡譜。酌予訂正。又換頭處。利名句宜叶韻。

人月圓 △單用小令

松風十(作平)里雲門路【韵】破帽醉騎驢【叶】小橋流水【句】殘梅剩雪(作上)【叶】清似西湖【叶】（么篇換頭）而今杖履【句】清霞洞府【叶】白(作平作上)髮樵夫【叶】不(作上)如歸去【叶】香鑪峰下【句】吾愛吾廬【叶】

張可久小令

【斠律】本調即詩餘人月圓。入曲後。作單用曲。點板唱。換頭處。四字兩句起。以偶為正格。正音欽定兩譜。俗印本註記脫漏。遂誤成八字一句。不如歸去。香鑪峰下。兩句亦宜作對。

北正宮 此正宮係黃鐘宮之俗名。宮內各曲用小工或尺字調。

叨叨令 △摘調小令

白(作平)雲深處青山下(去) 韻 茅庵草舍無冬夏(去) 叶 閒來幾句漁樵話(去) 叶 困來(作上)一枕葫蘆架(去) 叶 你省的也麼哥 句 你省的也麼哥 疊 煞強如風波千丈擔驚怕 叶 鄧玉賓小令

辯律 本調通體皆宜叶去聲。也麼哥三字是定式。此曲為叨叨令正格。其在第二句後連作三句一排者。乃係旁格。長洲吳先生霜厓云。自西廂長亭折用疊字云。見安排着車兒馬兒不由人熬熬煎煎的氣。有甚心情花兒靨兒打扮的嬌嬌滴滴的媚。準備着被兒枕兒則索要昏昏沉沉睡。從今後衫兒袖兒都揾做重重疊疊的淚。則被他閃殺人也麼哥。則被他閃殺人也麼哥。書兒信兒索與他悽悽惶惶的寄。遂使後來詞人輙相援用。究其原格實仍為七字句。惟重疊字。須用平聲。作者可就此兩式。任用其一也。

塞鴻秋 △摘調小令

直(作平)鈎曾下嚴灘釣(去)【韵】清風自劾蘇門嘯(去)【叶】蜜(作去)蜂
飛繞簪花帽(去)【叶】野猿夜守丹爐竈(去)【叶】扁舟范蠡
高(可句)【叶】五柳陶潛傲(去)【叶】南華夢裏先驚覺(平平去上平平作去)【叶】

張可久小令

【對律】與叨叨令句法相同僅也麼哥二字易作扁舟對句末韵必去聲其餘去上聯用處均宜略守第五句可叶可不叶本調亦入仙呂

脫布衫　△摘調小令

草堂中夏日(作去)偏宜【韵】正流金鑠(作上)石(作平)天氣【叶】素馨

花一（作上）枝玉（作去）質（作上）叶 白（作平）蓮（平）藕（仄）樣（仄）彎（平）瓊（平）臂（仄）叶

張鳴善小令

斠律 本調亦入中呂。作小令。多入正宮。通體句法均作上三下四。入聲叶韵處。係代上聲用。末句仄煞。為此調北音正格。其平煞者。乃南音也。

小梁州 △摘調小令

門外紅塵滾滾飛 韵 飛不到魚鳥青溪 叶 綠（作去）陰高柳聽黃鸝 叶 幽棲意 叶 料俗（作平）客（作上）幾（仄）人（平）知（平）叶（一）

么篇換頭（一） 山林本是終焉計 叶 用之行舍之

藏兮[叶]悼後世(可平)[叶]追前輩[叶]對五月(作去)五日(作去)[叶]歌

楚些弔湘纍[叶]　張鳴善小令
仄仄仄平平

[辯律]本調亦入中呂及商調末句須仄仄平平平換頭三四兩語本係三字句法欽定曲譜未加點斷誤成六字一句悼後世句宜平叶

小梁州帶過南風入松　△兼帶小令

(小梁州)白(作平)雲何處訪丹丘[韻]信腳(作上)閒遊[叶]芒鞋不(作上)跨紫驊騮[叶]清和候[叶]蘭蕋遍汀洲[叶](么篇換頭)桃源正對青山岫[叶]靜巉巉無伴相

求[叶]花氣濃[句]松陰厚[叶]沿溪路陡[叶]興(作仄)盡且

回頭[叶](風入松)當時笑我出(作上)滄洲[叶]也覓(作去)封侯

[叶]浮名薄(作平)利乾生受[叶]喜歸來蕩蕩悠悠[叶]夢

裏十(作平)年破釜[叶]人間萬事虛舟[叶]　張鍊小令

[聯律]　正宮與雙調笛色均可用小工二

曲因得以相帶小梁州用平平仄仄仄平

平起式者蓋屬近詞此曲首四字作平平

平仄乃權變耳凡異宮相帶槪依上隻牌

調隸宮故雖下帶雙調曲牌仍應判入正

宮也其間么篇換頭純為聯板而設殆不

可省風入松出自詩餘入曲後南北略同
僅板式稍異其第二句作五字第三句作
上二下五者乃屬北格可參見本卷北雙
調

脫布衫帶過小梁州 △兼帶小令

（脫布衫）樂作去繁華倚翠偎紅韻聽笙歌換羽移宮叶
行步處珠圍翠擁叶相伴着作平彩鸞嬌鳳叶（小
梁州）錦帳春寒繡被作平重叶暖烘烘褥作去隱芙蓉叶
金釵十作平二畫堂中叶耽歡寵叶風作去月此情同叶
（么篇換頭）知音自有知音重叶占排場

別(作平)是家風(叶)玳瑁筵(應叶)(句)相陪奉(叶) 文惹起舊時

春夢(叶)臨老也人(作去)花叢(叶) 雍熙小令

解律 此為同宮相帶。凡同宮曲牌相帶。

亦須擇其管色相同。音程相接者。非盡可

任意兼帶。例如本宮管色小工與尺字兩

用。設此二曲一係尺字一係小工。即不能

相帶。固不得以同宮而強合也。凡帶過曲

亦稱兼帶。原為小令而設。入套內儘可聯

用。固無需題作兼帶。襍劇中多兼帶曲。其

實本依次相聯。特沿俗題名而已。如雁兒落得勝

令之類不作帶過在套內亦係聯用以兼過之名既傳元樵劇內遂亦仍沿其稱

按此曲為平帶式凡兩曲相帶而音程相等者謂之平帶故亦稱某曲兼某曲北調祇有套內借宮無單隻集曲帶過所以輔犯借之不足耳

醉太平 △摘調小令

人(皆)嫌命窘(韻)誰(不)不見錢親(叶)水晶丸入(作去)麪糊盆(叶)纔粘(沾)便滾(叶)文章糊了(作平)盛錢囤(叶)門庭改做迷魂陣(叶)清廉貶入(作去)睡餛飩(叶)葫(平)蘆(平)提(去)倒穩(上)(叶)

張可久小令

【斠律】本調一名凌波曲。亦入仙呂及中呂。首句以仄韻為正。亦可平起。但第二著矣。末句必須作平平去上。舊譜收張小山黃庭小楷一曲。末句平煞。不足為法。五六七三句又須扇面對。欽定譜收小山小令。第三句作六字句。蓋誤脫一字。正音譜固分明七字也。

白鶴子　△摘調小令

金風飄敗葉（作去）〔句〕（作上）玉露下疏桐〔叶〕蛩響助秋聲〔句〕

雁叫驚幽夢〔叶〕　無名氏小令

（仄仄平平去）

斠律　本調亦入中呂末句必須仄仄平平去用上聲亦可通融尚有么篇句法相同此調作小令宜重頭各韻若隻隻同韻便成套曲

雙鴛鴦　△摘調小令

暖煙飄韻綠作去楊橋叶旋結作上柔圈折作平細仄縧平叶都把
發作上春閒平懊仄惱去叶碧作上波深處一作上時拋叶

王惲小令

斠律　此調一入中呂第四句亦可不叶本屬轉應曲故起處更有冠以三字四語

別押一韻者。後來作者多刪去不用。乃以

此通體五句為正格。作小令宜重頭。

黑漆弩　△　原單用小令　後亦入套

儂家鸚鵡洲邊住（韻）是箇不（作上）識字漁父（叶）浪花中一（作上）葉（作去）扁舟（句）睡（去）煞（作上）江南煙（上）雨（叶）（么篇）覺（作上）來時滿眼青山（句）抖擻綠（作去）簑歸去（叶）算從前錯怨天公（句）甚（去）也（上）有安排我（上）處（去）（叶）　白賁小令

【斷律】此調一名鸚鵡曲。又名學士吟。甚也我處四字。須守去上上去。欽定譜沿嘯餘北譜所收體式。正襯不分。且多閒字。未

盡可據此曲第二句。亦可作七字。廣正譜

且以上三下四為正格。

甘草子 △ 原單用小令 後亦入套

金風發（作上）〔韻〕颯颯秋風〔句〕冷落（作去）在闌干下〔叶〕萬柳

稀重陽暇〔句〕看紅葉（作去）賞黃花〔叶〕促（作上）織（作上）兒啾啾添

瀟灑〔叶〕陶淵明歡樂（作去）殺（作上）〔叶〕耐冷迎霜鼎內插（作上）〔叶〕

看雁落（作去）平沙〔叶〕 薛昂夫小令

〔斠律〕本調正格創自董解元。首句應叠。

計共十句。第四句係六字句法。舊譜有在

暇字下註叶者。實不必從。第七句是六字

折腰法。昂夫此曲。省去首三字叠句。故通體祇九句。雖非正格。然作小令每援此式故著錄之。本曲正格。多入套曲。

漢東山

△單用小令

香風瑞錦窠（韻）涼月（作去）素銀波（叶）蘭舟夜如何（叶）晚涼也麽哥（叶）萬頃湖光鏡新磨（叶）小玉（作去）娥（叶）隔（作去）翠荷（叶）採蓮歌（仄平平）（叶）

張可久小令

［斠律］本調正音譜未收。原係雜曲而帶南音。元人以之作小令者。甚爲習見。廣正譜未予删略。故仍錄之。此調在南牧羊記

中題爲凱歌。是應屬正宮。末句又須仄平平收。

北大石調

此大石即黃鐘商之俗名。調內各曲用小工或尺字。

百字令

△單用小令

柳顰花困 韻 把人間恩怨 句 樽前傾盡 叶 何處飛來雙比翼 句 直是同聲相應 叶 寒玉嘶風 句 香雲捲雪 句 一串驪珠引 叶 元郎去後 句 有誰著意題品 叶

（么篇換頭）

誰料濁羽清商 句 繁絃急管 句 猶自餘風韻 叶 莫是紫鸞天上曲 句 兩兩玉童相並 叶 白髮梨園 句 青衫老傅 句 試與留連聽 叶 可人何處 句 滿庭霜月清冷 叶

滕賓小令

小石調 此小石即仲呂商之俗名。調內各曲。用小工或尺字。在套內與大石調相出入

青杏兒 △單用小令

風雨替花愁〔韵〕風雨過花也應休〔叶〕勸君莫惜（莫作去 惜作上）

花前醉〔句〕今朝花謝〔句〕明朝花謝〔句〕白（作平）了人頭

〔叶〕（么篇）乘（作平）興（作仄）兩三甌〔韵〕揀溪山好處追遊

〔叶〕但教（作平）有酒身無事〔句〕有花也好〔句〕無花也好

〔句〕選甚春秋〔叶〕　趙秉文小令

〔斠律〕　按小石青杏兒即大石之青杏子。

亦入仙呂。大石與小石調中各曲。恒可通

用者。此亦一例也。

四二二四四二二四。有將二二字句變作四四字者。誤襯為正。不必從也。尚有將此二二四句增作四排者。乃成別格。

鵲踏枝　△摘調小令

聲嚦嚦巧鶯調（作平）〔韻〕舞翩翩粉蝶（作平）飄〔叶〕忙刼刼蜂翅穿花（可叶）〔句〕鬧吵吵燕子尋巢〔叶〕喜孜孜尋芳鬪草〔叶〕笑吟吟南陌西郊〔叶〕

元人小令集無名氏小令

〔斠律〕此調亦係摘唱。第三句亦可用叶。第五句有破作四字二二語者。應係別格。

寄生草　△摘調小令

句須仄仄仄平平。又本調原係散板。一入商調。但作小令仍應點板。

那吒令 △摘調小令

青芽芽柳條— 韻 接綠茸茸芳草— 叶 綠茸茸芳草— 叶 間碧森森竹梢— 叶 碧森森竹梢— 叶 取紅馥馥小桃— 叶 嬌滴滴景物新 句 笑吟吟閒行樂— 叶 一步步扇面—兒堤描 叶 元人小令集無名氏小令

斠律 本調與鵲踏枝例在套內聯用。無名氏此曲亦係套內摘出。改點小令板式。故舊選本遂又列作小令。前六句。應為二二

北仙呂宮

此仙呂即夷則宮之俗名。宮內各曲。用小工或尺字。亦有用正工者。但譜字輕重。實與尺調相當。

賞花時

△單用小令

去路崎嶇鳥道分（韻）人海滄茫鯨浪奔（叶）喧馬足鬧車塵（叶）麻姑笑哂（叶）落日（作去 作上）又黃昏（叶）（么篇換頭）金谷（作上 作平）看花夢裏身（叶）銅柱留芳紙上文（叶）能黼黻（作上）會經綸（叶）先生議論（叶）少不的高（襯）家臥麒麟（叶）（仄仄平平）

雍熙小令

【斠律】本調在劇套內作楔兒用。尚有數格。均係入套。若作小令。則依此式為之。末

天上謠　△單用小令

日月走東西[韻]烏兔搬昏晝[句]把光陰攛斷的（作去作去、作去、宜叶）

疾[叶]轉回頭物換星移[叶]歎人生何苦驅馳[叶]（作平、作去）

算來名利[叶]窮通得失[叶]有甚希奇[叶]祇不如（作上作上）

拂却是非心[句]收拾園中計[叶]　朱權小令（作上作上、作平）

[新律]長洲吳先生霜厓云。此調止此一曲。他無可證。烏兔句與日月句對。則亦宜韵。所謂逢雙必對。未有上句用韵而下句不叶者也。上去尚未全合。

彤雲佈(句)瑞雪(作上)鋪(韻)朔(作上)風凛冽(作去)江天暮(去)(叶)浩然

尋得(作上)梅花樹(去)(叶)退之迷却(作上)藍關路(去)(叶)子猷訪戴

凍回來—(句)相(平)逢(平)不(作上)飲(仄)空(平)歸(平)去(去)(叶)　張可久小令

附白樸小令五字起句式

長醉後方何礙(句)不醒時有甚思(韻)糟醃兩

箇功名字(叶)渰浮千古興亡事(叶)麴埋萬丈

虹霓志(叶)不達時皆笑屈原非—(句)但知音盡

說陶潛是(叶)

【對律】本曲亦入商調。首二句應作三字

語。三四五三句。係扇面對。末句以平平仄

仄平平去收。是爲正格。惟元明人亦多於首二句作五字起者。仁甫此作是也。在樂律言之。兩式仍是一格。末句盡說陶三字是務頭。

醉中天　△摘調小令

淚濺端溪硯(韻)情寫錦花箋(叶)日(作去)暮簾櫳生暖烟(叶)睡煞(作上)梁間燕(叶)人比青山更遠(可平)(叶)梨花庭院(叶)月明閒(應仄)却(作上)皺(平)鬢(平)(叶)　無名氏小令

斷律　本調一入雙調及越調。首二句以偶語起式爲正格。第五句並可平叶。長洲吳先生霜厓云。梨花庭院句有作二一字語者。或梨花二字亦係作襯。按通常四字句板式。輒就一四或一二四字均各點板。設遇兩句連用。則上句第三字點頭板。下句仍歸常式。今三四兩字當板。當屬二一字句法。故吳先生之說。足資參證。至其末句本止四字。而元人慣在四字前襯用實字。周德清作曲十法遂直以襯作正。明論爲平平仄仄平平。諸譜多曲就習俗。在第二字處改下截板。强成六字尾語。反以四字作收者為別格。大成譜著錄此句板式云至今青、冢雲愁、囷知截板係後來移改。茲遵正音長洲兩譜歸明四字句法。但仍將六字點板而將截板改為空板。庶符句格並順時腔。又喬夢符有小令云。千古藏真洞（韻）一柱立晴空（叶）石筍參差（似）太華峰（叶）醉入天台夢（叶）綠樹溪邊晚風（叶）碧雲不動（叶）粉香吹下芙蓉（叶）即此調也。越調中能旁借仙呂曲者。僅此醉中天一調。一時傳刻。遂將夢符所作混列越調。更誤題作

酒旗兒。乃滋後來疑議。特附揭出。以明冒

失。此曲四六兩句是務頭。

金盞兒　△　摘調小令

恁衷腸〔韻〕俺衷腸〔叶〕半點兒誰敢厮虛誆〔一叶〕姻

緣簿寫百（作上）年長〔叶〕比風流張殿試〔一句〕賽窈（仄）窕（仄）杜（仄）

韋（平）娘（平）〔叶〕既同巢棲燕子〔一句〕願雙（宜仄）塚（仄）化（仄）鴛（平）鴦（平）〔叶〕

常倫小令

〔辭律〕本調一名醉金盞。與雙調金盞子

不同。末句應作仄仄仄仄平平。

醉扶歸　△　摘調小令

頻去教人講（韻）不去自家忙（叶）若得（箇）相思海上方（叶）不道的害這些閒魔障（叶）還笑我眠思夢想（叶）祇不輪到你頭上（叶）無名氏小令

【斟律】本曲末句須仄仄平平去。上聲字亦可。尚有別格。多入套曲。作小令可依此式為之。

憶王孫 △單用小令

萋萋芳草憶王孫（韻）柳外樓高空斷魂（叶）杜宇聲聲不忍聞（叶）欲黃昏（叶）雨打梨花深閉門（叶）

秦觀詞

斠律 原係宋詞。入曲後僅變易板式。末句並可仄叶。明朝樂章中和聖德定三才一隻。即用此調。因欲泯憶王孫之跡。爰取第二句首四字別立柳外樓一名。諸譜遂一調兩列。大成譜已經辨明。不再複列。

一半兒 △單用小令

雲鬟霧鬢勝堆鴉（韵）淺露金蓮簌（作上）絳紗（叶）不比（作上 仄）等（仄）閑（平）牆（平）外（去）花（平）（叶）罵你箇俏寃家（叶）一（作上）半兒難（平）當（平）一（作上）半（兒）耍（上）（叶） 白樸小令

斠律 一半下添兩兒字。係本曲定式。必

不可省。如末句不用一半云云。且省去兩兒字時。則爲憶王孫。非一半兒矣。第三句宜作平仄仄平平去平。

遊四門　△摘調小令

琴書筆(作上)硯(作上)作生涯(韻)誰肯戀榮華(叶)有時相伴漁樵話(叶)興(作入)盡飲流霞(叶)咱(作平)(叶)不(作上)醉不(作上)回家(叶)

無名氏小令

斠律　本調亦入商調。一字句。須平叶。毋與下五字相牽混。尚有變格。多入套曲。作小令。遵此式塡製。

後庭花　△摘調小令

湖山（作上）曲水（作平）重（韻）樓台烟樹中（叶）人醉蘇堤月（作去）（句）風傳賈寺鐘（叶）冷泉東（叶）行人頻問（句）飛來何（宜仄）處峰（叶）

呂止庵小令

斠律　本調亦入中呂及商調句法亦可增損若損句則省第三句若增句則照末句平仄疊作若干句長短固可不拘也惟若增單句則通體須用平平仄仄平叶若增偶句則用平平平仄仄叶平平仄仄平叶末句仍須以單語收之

青哥兒　△摘調小令

春城春宵無價（韻）星橋火樹銀花（叶）妙舞清歌
最是他（叶）翡翠坡前那人家（叶）鰲山下（叶）
（仄仄平平仄平平）

馬致遠小令

【斠律】本曲亦入商調及雙調。長洲吳先生霜厓云。此章首二句應有疊字。如尤西堂弔琵琶首折云。剛彈了離鸞離鸞小引。忽變成求凰求凰新本。廣正譜以為懸腔。但今之作者無不如是。翡翠坡句應七字。須仄仄仄平平仄平平平。此上儘可增句。平平仄又須仄仄平平平叶如關漢卿俳衣夢云。直等得夜靜更闌叶人離雕欄叶柳影花間叶此增三句者也。惟增句不論多少量才作之。若長生殿覓魂折。增至二十四句。則才大如海。非人人所能辦矣。謹按增句之平仄係連環調。平仄連環而下。句雖疊聲實未隨句疊而益繁衍。故能不損及本調腔格。凡因單句增多。而使腔格起變易時必不可用增句。減句亦然。

後庭花帶過青哥兒　△兼帶小令

〔後庭花〕喜孜孜擺珍饈開大筵（韻）韵悠悠奏笙
歌列（作去）管絃（叶）細細氤氳鼎內香風動（叶）錦重重彩
雲飄則在雲外懸（叶）四時慶豐年（叶）恰（作上）便似蓬
萊仙苑（叶）兜率（作去）宮極（作平）樂（作去）天（增句）似瑤池如閬苑
（增句）呀你看那〔青哥兒〕龍樓龍樓金輦（叶）現如
今鳳凰鳳凰來現（叶）海外直（作平）臣朝帝輦（叶）（以下增句）
更有那百（作上）司官員（叶）武勝文賢（叶）正直（作平）忠良（句）
受賞傳宣（叶）東魯西戎（句）北（作上）狄（作平）南蠻（叶）四海千
邦（句）萬國（作上）來降（作平）（叶）（以下歸本格）喜孜孜拜舞玉（作去）階前
（叶）萬萬載昇平宴（叶）無名氏小令

【斠律】此為同宮相帶。後庭花及青哥兒兩調。均係字句不拘。故多變體。若參照前列正格為之。亦無傷於相帶音程也。

六么遍 △摘調小令

不占龍頭顯(暗韻)句 不入名賢傳(作仄)韻 時時酒聖句 處處詩禪風 煙霞狀元(可句)叶 江湖醉仙(一)叶 笑談(便)是編修院叶 留連叶 批風抹月(作去作去)四十年(作平)叶

喬吉小令

【斠律】本調一入中呂。與正宮六么遍絕不相涉。夢符此作。刻本有列入正宮者。大謬。首二句。諸譜多斷成七字一語。實則以三字二語為本格。欄此龍頭驪名賢傳二語起式。足可印證。惟首句第一字上必加襯。首句第四字（合襯字而言。蓋通常句首祇襯一字。）又必暗韻耳。北詞六么為牌名者。尚有六么令六么序。均體制各別。幸毋互混。正音譜將此調題作六么令亦誤。

四季花　△摘調小令

一（作上）年三百（作上）六（作去）十（作平）日（作去）〔韻〕花酒不（作上）曾離〔叶〕醉醺醺酒

淹衫袖濕（作上）〔叶〕花壓（作去）帽簷低〔叶〕帽簷低〔叶〕喫（作上）了穿

了是便(作平)宜 叶　無名氏小令

斠律　本調亦入商調。尚有別格。末句作六字。第三句。諸譜原作七字句法。長洲吳氏簡譜則依據板節。斷爲五字。而以醉醺醺三字作襯。今從之。

三番玉樓人　△單用小令

風擺簷前馬 韻 兩打響碧(作去)窗紗 叶 枕剩衾寒沒(作去)亂煞(作上) 叶 不着我題名兒駡 叶 暗想他 叶 忒(作上)情雜(作平) 叶 等來家 叶 好生的歹鬭咱(作平) 叶 我將那廝臉兒上不(作上)抓 叶 耳輪兒揪罷 叶 我問你昨(作平)夜(作上)宿誰家

【叶】無名氏小令

【辨律】本調亦入越調。第四句。廣正譜作五字句法。雖我兒兩字作襯。但若在題字點板。仍不及過腔。故長洲簡譜斷為三字句法。今從之。

錦橙梅 △單用小令

紅馥(作上)馥(作上)的臉襯霞【韻】黑(作上)髭髭的鬢堆鴉【叶】料應(作平)他必(作上)定是箇中人【句】打扮的堪描畫【叶】顫巍巍的插(作上)著(作上)翠花【叶】寬綽(作上)綽(作上)的穿著(作上)輕紗【叶】兀的不風韻煞(作上)人也嗏【叶】是誰家【叶】我不(作上)住了偷睛兒

抹(作去) 叶　張可久小令

斠律　本調係單用小令。套內不甚聯用。首二句宜對。

太常引　△單用小令

故人別(作平)我出(作上)陽關 韻 無計鎖離鞍 叶 今古別(作平)離難 叶 蹙(作上)損了蛾眉遠山 叶（一篇換頭）一(作上)樽別(作平)酒 句 一(作上)聲杜宇 句 寂(作平)寞(作去)又春殘 叶 明月(作去)小樓間 叶 第一(作上)夜相思淚彈 叶　劉燕歌小令

斠律　本調卽詩餘太常引。爲清詞遺音。在曲中作單用小令。套內甚少聯用。長洲吳先生霜厓云。此調按格言之。說聯套應用在第一支。按正音譜。欽定曲譜。大成譜。俱失載么篇。蓋沿寧獻王之誤。

北中呂宮

此中呂即夾鐘宮。俗名宮內各曲。用小工或尺字調。用六字。但工譜輕重與上調相當。

醉春風

△摘調小令

七國仫臣詔（韵）二三閣賢相貶（叶）官極將相位雙
（作上 作上）（作平 作仄 作仄 仄 平）

兼（叶）險（叶）險（叶）險（叶）衆口難箝（句）您也欠占（句）
（平）

俺咱當嚴（叶）
（仄 作平 平 塵去）

樂府群珠小令

斠律 此實曾瑞卿清高散套第一隻曲文。全套具載雍熙及太平兩樂府。摘唱既久。故廣正譜、樂府群珠諸籍亦循時題為小令。本係散板曲。既作小唱。自可照大成譜所列第三式參酌點拍。詩餘醉春風疊字凡三、入曲後以二疊為正格。瑞卿茲作三疊險字。遂與詞格相混。末句須仄平平去。尚有么篇。句法相同。因略去、本調作小令宜重頭各韻。

迎仙客　△摘調小令

雲、冉、冉〔句〕草(仄)、纖(平)、纖(平)〔韻〕誰家隱、居山(平)、半(仄)崦(平)、〔叶〕水(仄)、煙寒(平)、〔句〕溪、路險、〔叶〕半(仄)、幅(作上)青(平)帘(平)、〔叶〕五(仄)里(仄)桃(平)、花(平)店(去)、〔叶〕

張可久小令

〔詞律〕此為迎仙客正體。次句起韻。首二

句用平平頭對。四五句再用偶語。是為當格。

其起處作平仄平。仄平。四五兩句。作仄

平平。平仄平。且均各句住聲。或均作連環

調者。乃係近體。作小令。殆可不拘。惟末韵

則必守仄仄平平去耳。

紅繡鞋 △△

摘調小令　鞋一作鞵

一（作上）榻（作上）白（作平）雲竹（作上）徑 韵 半窗明月（作去）松聲 叶 紅塵無處

是蓬瀛 叶 青猿藏火棗 句 黑虎聽黃庭 叶 山人（宜仄平）

參（平）內（去）景（上） 叶　徐再思小令

斠律　本調亦名朱履曲。一入正宮。四五

兩句係三字二語。舊譜有判為五字句者實誤。貫酸齋小令云。將軍龍劍。釣鰲鈎。無名氏小令云。低聲叫。悄聲應。王伯成套曲云。情已斷。淚雙垂。均可證也。

普天樂　△摘調小令

老梅邊（句）孤山下（韵）晴橋螮蝀（句）小舫琵琶（叶）春殘杜宇聲（句）香冷荼蘼架（叶）淡（去）抹（作上）濃妝山如畫（叶）酒旗邊三兩人家（叶）斜陽落（作去）霞（叶）嬌雲嫩（仄）水（仄）（句）剩（仄）柳（仄）殘（平）花（平）（叶）　張可久小令

斠律　通首句法及對偶處。宜依此格。本

調入正宮名黃梅雨作套曲用。在中呂。除用作小令外。兼可入套。無論中呂普天樂或正宮黃梅雨。句法均與南普天樂不同。是宜明辨。此曲第八句是務頭。

醉高歌 △單用小令

風塵天外飛沙一（韻）日（作去）月（作去）窗間過馬一（叶）風俗（作平）掃地傷王化（叶）誰證人倫大雅（叶）（平仄平平去上）　吳弘道小令

斠律　本調一名最高樓。末句須平仄平平去上。

醉高歌帶過紅繡鞋 △兼帶小令

（醉高歌）漾金波碧甃作上鄰鄰 韻 蕩金縷垂楊隱隱 叶 步金蓮仙子相隨趁 叶 綴金勒作去王孫笑引 叶 （紅繡鞋）按金雁銀箏風韻 叶 捧金鍾翠袖殷勤 叶 聽金鶯紗燕競爭春 叶 擲金錢頻喚酒 句 焚金鼎細生雲 叶 戲金船蘭棹穩 叶

顧德潤小令

【辨律】此亦同宮平帶式。以作小令為主。間人套曲者。因兩曲原可聯用。從俗寫成兼帶。實與兼帶無涉。陽春白雪收酸齋最高歌帶過殿前歡一曲云。看 別人鞍馬 上

胡顏(韻)嘆自己如塵世污眼(叶)英雄誰識
男兒漢(叶)豈肯向人行訴難(叶)以上最高歌陽
氣盛冰銷北岸(叶)暮雲遮日落西山(叶)四
時天氣尚輪還(叶)秦甘羅疾(作平)發(作上)祿(作去)(句)姜呂
望晚登壇(叶)遲和疾(作平)時運裏遭(叶)以上殿前歡
其下曲殿前歡一隻。細按板式應係紅繡
鞋之誤。按中呂與雙調本同笛色。故小令
彼此可借唱。舊刻多將此曲標列雙調。實
則兼帶曲例以上隻宮調為主。最高歌為
中呂曲。自應中呂起調。至殿前歡無論正

變。尾格必以四字二一語作收。酸齋此曲。末語作「遲和疾時運裏遭」顯然不同。至其餘字句平仄。亦殊格耳。但與紅繡鞋本格相按。又無不脗合。惟傳刻既誤。而時賢曲刻。亦每以訛傳訛。爲免蒙混。故附論之。

喜春來　△摘調小令

雨晴花、柳新、梳洗、(韻)日暖(作去上)蜂蝶(作平)、便整、齊、(叶)曉寒、鶯燕、旋收拾(作平)、(叶)催喚、起(去上)、(叶)早趁、牡丹、期(仄仄仄平平)、(叶)

周德清小令

〔韻律〕本調一名陽春曲。亦入正宮。首句

宜偶。日暖喚起宜去上。末句又宜以仄仄

仄平平收。

醉高歌帶過喜春來　△兼帶小令

（醉高歌）梅花飄雪（作上）漫山（韻）楊柳和烟放眼（叶）晝

船穩繫東風岸（叶）金縷朱絃象板（叶）（喜春來）春

融南浦水漸散（叶）酒醒西樓月（作去）影慳（叶）一（作上）天星

斗水雲寒（叶）名利難（讀仄）（叶）詩酒且填還（叶）

顧德潤小令

斠律　此為同宮平帶式。專作小令用。尚

有數格見後。

上小樓　△摘調小令

酒酣時(作平)乘(作平)興(作仄)吟(宜仄)〔宜韵〕花開時對景題〔叶〕剪(作上)雪裁

冰(可叶)〔句〕擊(作上)玉(作去)敲金〔句〕貫串珠璣〔叶〕得(作上)意時〔句〕自陶

寫吟哦(可叶)〔句〕一(作上)會放情懷〔叶〕悅心神有何慚愧〔叶〕

（么篇換頭）思古來屈(作上)正則(作平)〔句〕直恁的稟性

僻(作平)〔叶〕受之父母〔句〕身體髮(作上)膚〔句〕跳(作去)入江裏〔叶〕捨

殘生〔句〕博(作上)得(作上)箇〔句〕名垂百(作上)世〔叶〕沒來由管他甚

滿(仄)朝(平)皆(平)醉(去)〔叶〕　王敬甫小令

〔斠律〕本調亦入正宮。以四字二一句起式

為正格。首句宜起仄韵。第二一句下。本作三

字兩句四字一句元人往往用四字三語殆無常格自吟哦句亦可叶韻末句又須仄平平去收此調若作重頭么篇宜間用

滿庭芳　△單用小令

西窗酒醒(平)（韻）衾閒半幅(作上)（句）鼓轉三更(作平)（叶）起來無語傷孤另（叶）何限幽情（叶）金鎖碎簾前月(作去)影（叶）玉(作去)丁當樓外秋聲（叶）憑欄聽（叶）吹(平)簫(平)鳳(去)鳴(平)（叶）人(宜仄)在(仄)雪(作上)香(平)亭(平)（叶）

張可久小令

斠律　本調一名滿庭霜亦入正宮仙呂與詩餘不同金鎖碎二一句係折腰句法須

作上三下四。吹簫句。又須平平去平。或有不叶者誤。

上小樓帶過滿庭芳

△兼帶小令

（上小樓）想着那青蝿結（作上）黨〔韵〕明珠遭謗〔叶〕因此上避世黃山〔句〕隨緣寄傲〔句〕把釣滄浪（作平）〔叶〕坐草堂〔叶〕數雁行〔叶〕感時悲愴〔叶〕望長安暮雲遮障

（滿庭芳）當日箇徒勞周黨〔叶〕難留范蠡〔句〕易老馮唐〔叶〕折（作上）腰歸去陶元亮〔叶〕倒勝似衣（作平）錦還鄉〔叶〕七（作上）步才些兒伎倆〔叶〕五陵（作平）俠幾（作去）日豪强〔叶〕好把眉頭放〔叶〕儘百（作上）年宴賞〔叶〕三萬六（作去）千場〔叶〕

張鍊小令

[斠律] 此爲平帶式。上隻平仄略有變易。可與上小樓正格相參證。曲中兩用黨字。雖分用於上下兩隻地位。然一經兼帶。音律便屬一體。仍屬重韵。

滿庭芳帶過清江引　△兼帶小令

(滿庭芳)一作上蓑晚煙韵斜風短笛作平句小棹平灘叶沙鷗野鷺時相戀叶無限清閑叶攜金鱗也做的酒錢叶泊江蘋也當作仄的寒氈叶不受人輕賤叶釣舡兒慢牽叶人在水中天叶(清江引)風清

（隹去）月小江波淺（叶）釣罷空牽纜（叶）逢收紅蓼濱（應叶）（句）夢繞黃蘆岸（叶）這生涯散誕誰人管（叶）

雍熙小令

【斠律】滿庭芳入中呂。清江引入雙調。但其笛色可同用小工是為異宮帶過式。凡異宮曲牌相帶。其笛色必須相同。否則不能配帶。其判隸宮調。亦以上隻曲牌原屬宮調為準。例如此曲。上隻滿庭芳原屬中呂。雖帶過清江引。仍隸中呂本宮。固不因清江引入雙調而為左右。惟有時下支工譜過强。不得不曲就下隻宮調。如最高歌兼帶紅繡鞋一曲。有列雙調者。殆屬借唱性質。而非判宮正格。又清江引本北曲。在此處則視同南調。因亦為南北互帶式。凡南北互帶曲。上隻必屬北曲。其以南調領上隻者。則必如對玉環清江引等類南北互入之曲牌。故北曲後帶清江引。則清江引可作南調論。但清江引後帶過另一北曲時。此清江引。必作北曲論。不得以南視之。彼所謂以北領南不可以南領北者。就強弱之分而言也。又所謂南北可以互帶者。就律音通轉之分而言也。設援此例釋。則二說自可相成。而無齟齬之慮矣。凡南北互帶曲。無論北帶南或南帶北。其南調部份。概以採用南北互入。或北調南音之曲牌為限。前者如對玉環。清江引之類。後者如漢東山陽關三疊喜梧桐之類。其音調屬南屬北。視所居前後而異。居在下隻。則作南調。列在上隻。則仍屬北曲。絕非所有南調。皆可任意冠領北調之上。第一。南北音調相差甚遠。第一。南北板式。不易銜接勻稱。第二。北詞管色高而所用音階則往往輕於南調。例如中呂。在北除用小工或尺字外。亦可用六字。但所譜工尺。輒取工尺上乙凡四合等平音。而五仩伬等類高音。較少疊用。故實等上字管色之輕重。南調中呂。用小工或尺字。但所用音階。以五六工為主。仩五六俉音。尤多疊用。故北調起調有時雖高於南。而音程反輕於南也。北調以吃調高而力強。運譜輕而勢沉。

遂覺雄渾持重。南調因吃調低而力弱。運譜響而勢浮。乃利清揚抑婉。北唱南歌。口舌互異。以此三點。其純屬南調之曲。如何可以任意冠領北調耶。舊譜多不甚措意帶過原則。咸以淺顯而忽略之。愚故不憚嘵嘵。摘舉管見。非敢妄事鋪陳。貽譏穿鑿也。

十二月帶過堯民歌　△　兼帶小令

（十二月）蹤跳出功名火坑 韻 來到這花月（作去）蓬瀛 叶 守着這良田數頃 句 看一會雨種山耕 叶 到

大來心頭不（作上）驚 叶 每日家直睡到天明 叶 （堯民歌）斜川雞犬樂（作去）昇平 韻 繞（作上）屋桑麻翠煙生 叶 杖藜無處（作上）不堪行 叶 滿（作去）目雲山畫難成 叶 泉聲 叶 響時仔細聽 叶 轉覺柴門靜 叶
（入作上 平 平 去）

張養浩小令

【斠律】十二月與堯民歌在套內緊接聯用。十二月音節較堯民歌稍緩。彼此正相補益。故摘出作帶過小曲傳唱。二調同兼入正宮。十二月通體皆四字句。末幅有用七字二語收者。未是。堯民歌宜以偶句起式。第五句亦可作二二字疊語一句。如無名、氏云。雲笛雲笛是也。或更以也麼也波等虛詞代之。惟斂句則應以仄仄平平去爲常格。又時賢或以堯民歌可作小令。然就平日所見諸家小令。殊罕拈用。而大成譜登列板式。亦係聯用。至雍熙樂府所收堯民歌隻曲。細審曲文皆與他曲帶過。特偶誤遺所兼之調名耳。

剔銀燈 △摘調小令

折末 商謎(作平)續麻(作平)合笙(一韻) 折末 道字(作上)說書打令(叶)

諸般(作去)樂藝都曾領(叶) 向人前舉目(作去)回情(一叶) 疎狂

性（叶）湖海情更（叶）愛的是弟兄（叶）仄仄平　樂府群珠

小令

［斠律］此曲與下隻蔓青菜同為無名氏套曲。改點小令板式。摘唱甚久。故樂群珠列作小令。末句本格應仄仄仄平作收。正音大成諸譜乃作六字句煞且在是字點頭板截板。廣正譜則列在別格。當是調停之見。茲據長洲簡譜勘正之。

蔓青菜　△摘調小令

脚（作上）到處人相敬（韻）都為我忒（作上）惺惺（叶）倒擔閣（作上）了

半生叶幾番待作上發志氣脩身幹功名叶争奈作上一

纏頑涎硬叶　樂府群珠小令

斠律　此係映板曲和絃索調唱得踈落致入水磨後作小令實嫌率直仍以聯套為宜故諸家小令均少用之茲據樂府群珠登錄聊備程式

朝天子　△摘調小令

癭盃韻作去玉醅叶夢冷蘆花被叶風清作去月作平白總相宜叶樂作去在其中矣叶壽過顏回叶飽似作上伯夷叶閒如作去越范蠡叶問誰叶是非叶且入向入西平湖平醉去叶

張可久小令

〔斠律〕本調一名謁金門。亦入正宮雙調。末句宜仄仄平平去上聲字雖可通融究非妥帖。尚有他格。以小山此曲較正。列為首格。作小令。可依此式為之。

快活三帶過朝天子　△兼帶小令

（快活三）梨花白（作平）雪（作上）飄（韵）杏萼（作去）紫霞消（叶）柳絲舞困小蠻腰（叶）顯得（作上）東風惡（作上）（叶）（朝天子）野橋（叶）路迢（叶）一（作上）弄兒春光鬧（叶）夜來微雨灑芳郊（叶）綠（作去）遍江南草（叶）蹇驢山翁（句）輕衫烏帽（叶）醉模糊

歸去好叶杖藜頭酒挑叶花梢上月高叶任拍作上

手兒童笑叶　胡祗遹小令

斟律　此為帶過式快活三首二句用快板第三句用散板第四句用慢板音程過短下接朝天子慢板曲適相補益而主腔全在下支故為「帶過」套曲中用快活三亦係承前啟後調節緩慢之過渡性質作小令宜帶他曲參見後列數式

四邊靜　△摘調小令

江湖豪邁韵為作上惜作上黃花歸去來叶名無言責作上叶

利無俗（作平）債〔叶〕家私區窄（作上）〔叶〕但醉裏乾坤大（仄仄平平去）〔叶〕

張養浩小令

〔斠律〕此為四邊靜正格。四七字起式後。接承四字三語。再以五字作收。計共六句。其中第二句是務頭。第三第四兩句須作對。亦有將第五句破為二字兩語並均叶韵者。乃成別格。本調作小令。宜重頭各韵。若隻隻同韵。便係聯套。四邊靜本名四邊淨。蓋古官巾。烏紗繞巾邊成稜角。士人去其邊圍稜角而成便帽。曰四邊淨。（即天巾。通）側帽行吟。因以名調。音律俊爽。在劇套內遂屬粗中細曲。往往配用武場。究其樂律本質。實與邊塞壯武之情無涉。大成譜以第四句字數為準。强將馬謙齋紅塵千丈一曲判作四換頭。實是穿鑿。不知四換頭為通體七句。中幅四字處比四邊靜增用一句。且彼此樂字數配。互有區別。故四邊靜一入正宮及雙調。而四換頭則祇旁入仙呂。以四換頭樂程較四邊靜為輕耳。若徒以字句相同為比較。則憶王孫之與一半兒青杏子之與青杏兒風入松之分南北調何字句相同者而又並不牽混也忽諸板式腔格終是皮相之論世傳雍熙樂府太平樂府及樂府群珠等選本凡收四邊靜小令輒誤題作四換頭亦見此兩調之互混殆已久矣

快活三帶過朝天子四邊靜　△兼帶小令

（快活三）韻簾前社燕忙韻正枝頭楚梅黃叶當空畏作去日作上熾炎光叶楊柳陰迷深巷叶（朝天子）北作上堂叶草堂叶人在羲皇上叶亭臺瀟灑近池塘

叶 睡足作上思新釀叶竹作上影橫斜麻韻句 荷香飄蕩叶一作上
襟滿意涼叶醉鄉叶豔妝一叶水調誰家唱叶四
邊靜紅塵千丈叶豈羨功名紙半張叶漁樵閒
訪叶先生豪放叶詩狂叶酒狂叶志不在凌煙
上叶

馬謙齋小令

【斠律】此為三曲帶過式。凡帶過曲。最多帶過四隻。四隻以上則情同聯套。故以帶不過四為正格。謙齋原曲。係分詠春夏秋冬四景。此曲乃其中之一。舊譜登錄恒註為謙齋散套。實則題目雖屬一套。然四隻各自爲章。且用韵互別。仍係重頭小令。

快活三帶過朝天子四換頭　△兼帶小令

(快活三)良辰美景換今古(應平)韻賞心(作去)樂事賭乘除叶人生四事豈能無叶(作上)不可教輕辜負叶(朝天子)喚取(應平)叶伴侶(應平)叶正好向西湖路叶花前沉醉(作去)釣玉壺叶香溺霧紅飛雨叶九十(作平)韶華(應叶)句人間客寓(作上)叶把三分分數數叶一分是流水叶二分是塵土叶不覺(作上)(作去)的春將暮叶(四換頭)西園杖履叶望眼無窮恨有餘叶飄殘香絮叶歌殘(作平)白苧叶海棠花底鷓鴣叶楊柳梢頭杜宇叶都喚取

春歸去 叶　無名氏小令

斠律　此亦為三隻曲牌聯帶式。凡三隻主曲聯用。實具散套性質。故太平樂府將此曲列入帶過小令。而正音譜則又題為套數也。此曲作套。快活三前。仍應加一隻引曲。四換頭後。須補一隻尾曲。方為足格。四換頭與四邊靜句法相似。僅多四字一語。正音譜截取前曲最後一隻。作四換頭程式。實非曲文全璧。而正襯復為俗印本混亂。宜注意。

齊天樂帶過紅衫兒　△兼帶小令

（齊天樂）潛身且入無何　韻　醉裏乾坤大　叶　蹉跎　叶　和　叶　隣友相合作平　叶　就山家酒嫩魚活作平　叶　當歌　叶　百無拘逍遥　句　千自在快活作平　叶　日作去日作去朝朝　句　落作去落作去拓作平拓作平　叶　酒甕邊行　句　花叢裏過　叶　沉醉後由他　叶　（紅衫兒）今日作去紅塵在應韻　句　明日作去青春過　叶　枉張羅　叶　世事都參破　叶　飲金波　叶　飲金波　叶　一作上任旁人笑我　叶

張可久小令

【斠律】　齊天樂與詩餘同名。但絕不相涉。

一字句須叶韻。舊譜多未註出。紅衫兒第

一句應叶。舊譜亦未標明。二曲在套內。本相聯用。作為兼帶小令時。則本調主腔全在上隻。下隻僅暢盡其緒而已。是為隨帶式。凡隨帶下隻首數句應依快拍。末數句又須轉慢。

蘇武持節　△單用小令

衣鬆羅扣（韻）塵生鴛甃（叶）芳容更比年時瘦（叶）看吳鈎（叶）聽秦謳（叶）別（作平）離滋味今番又（叶）湖上藕花堤上柳（叶）颼（叶）渾是秋（叶）愁（叶）休（平）上（去）樓（平）（叶）

張可久小令

[斠律] 本調原名山坡羊。亦入黃鐘。自南
調山坡羊襲此翻製後。因另立蘇武持節
一名以別之。特在南入商調。在北則出入
中呂與黃鐘耳。末句以平去平為正格。有
作平去上者。不宜用。

山坡羊帶過青哥兒　△兼帶小令

(山坡羊)聖朝三代、[韻]英雄一概、作上[叶]惟存青史觀
成敗、[叶]笑狂乖、[叶]勸吾儕、[叶]時間不遇君何害、作上
[叶]知分莫嫌天地隘、作去上 作去上 [叶]閒、應叶 [句]身自在、[叶]安、應叶 [句]心、
快哉、[叶](青哥兒)招災浮財休愛、[叶]看季倫金谷作上

塵埃〔叶〕六（作去）國（作上）繁華過眼衰〔叶〕漢冢雲埋〔叶〕楚廟

風篩〔叶〕富貴忘懷〔叶〕想當日（作去）吳宮越（作去）王臺〔叶〕令

何在〔叶〕　曾瑞小令

〔辨律〕二調爲異宮相帶。青哥兒本隸仙

呂。但與中呂笛色可同用小工。故互通假。

六國繁華句下多四字三語。蓋用增格也。

賣花聲　△摘調小令

半泓（作上）秋水金星硯〔韵〕一（作上）幅（作上）寒雲玉（作去）版箋〔叶〕美人

索（作上）賦鷓鴣天〔叶〕瓊杯爭勸〔叶〕珠簾高捲〔叶〕燕（仄）歸（平）

來（平）海（仄）棠（仄）庭（平）院（去）〔叶〕　張可久小令

【斠律】本調一名昇平樂第二格。亦入雙調。另有賣花聲煞一調。係合大石隨煞及本調末數句而成。彼此用法。絕不相涉。舊譜多在本調下註有亦作煞三字者。實指末三句亦可配煞之意。而體式固各自為格也。幸勿混淆。又本調末句必須仄平平仄仄平去。

攤破喜春來　△單用小令

宮前花柳晴煙罩（韻）苑外笙歌逸（作去）雲飄（叶）綠（作去）波平掩翠縠（作平）（句）青鬟聳（作上）滴黛螺（句）沿堤畔嫩紅嬌

叶 喜遊遨 叶 悶愁掃 叶 且滯酒家瓢 叶

月令承應

【對律】本調係單用小令由喜春來攤破而成攤破者就原格曲調藉增添字句將原來板式破其整密而勻攤為疎落也首二句係喜春來本格綠波平三句為本宮煞末三句仍復以喜春來本格作收樂府群珠收顧均澤小令一隻係截自帶過曲文故特錄月令承應一曲以為程式

醉高歌帶過攤破喜春來 △兼帶小令

（醉高歌）長江遠映青山［韵］回首難窮望眼［叶］扁舟來往蒹葭岸［叶］煙鎖雲林又晚［叶］（攤破喜春來）籬邊黃菊（作上）經霜綻［叶］囊裏青蚨（作平）逐（作去）日慳［叶］破情思（作仄）晚砧鳴［句］斷愁腸簷馬韻［句］驚客（作上）夢曉鐘寒［叶］歸去難［叶］脩一（作上）箇［叶］［回］兩字報平安［叶］

顧德潤小令

［斠律］此亦作小令用。為「帶過」式。帶過與平帶之別。即首調作音程之溫鍚。次調暢音程之旋律。故主腔寄在下曲。若上下各寄主腔。而相互配合。則為平帶。本調句法。

可參照前列原格。惟煙鎖句。雍熙樂府作「人憔悴雲林又晚」。於格應屬六字句法。茲照嘯餘譜及廣正譜所錄校正之。

喬捉蛇　△單用小令

毒(作平)似兩頭蛇(韻)狠如雙蠆蝎(作上)(叶)閃的我無情無緒無歸著(作平)(叶)幾時幾時捱得(作上)徹(作上)(叶)愁一(作上)會(句)悶一(作上)會(句)柔腸千萬結(作上)(叶)將耳朵兒掩(作平)了把金蓮躝(作上)(叶)　無名氏小令

〔斠律〕本調實係絃索諸宮調遺韵。創用於董西廂傳入北詞甚久。故正音譜正式

登錄。而李玄玉且明列作小令。並將北曲

點板。因遵載平仄句法。以備程式。

北南呂宮 此南呂即林鐘宮之俗名。宮內各曲用凡字。

罵玉郎 △摘調小令

君王曾賜瓊林宴（韻）三斗始朝天（叶）文章懶入（作去）編修院（叶）紅錦箋（叶）白（作平）苧篇（叶）黃（平）柑（平）傳（去）（叶）

張可久小令

【斠律】本調一名瑤華令。末句必用平平去。

感皇恩 △摘調小令

學會神仙（韻）參透詩禪（叶）厭塵囂（句）絕（作平）名利（句）遯（作去）林泉（叶）天台洞口（句）地肺山前（叶）學（作平）煉丹（句）

同賀豐作去[句]共去談平玄平[叶]　張可久小令

[斠律]　末句須用去平平。與詩餘不同。

採茶歌　△摘調小令

上危樓[韵]望行舟[叶]夕作平陽西下水東流[叶]準備

香羅淹淚眼[句]安平排平錦仄字仄寄仄新平愁平[叶]

鍾繼先小令

[斠律]　本調一名楚江秋。末句必須平平

仄仄仄仄平平平。

罵玉郎帶過感皇恩採茶歌　△兼帶小令

(罵玉郎)風流作上得遇鸞凰配[韵]恰比翼便分飛[叶]

綠(作去)楊易散琉璃脆(叶)沒揣地釵股折(作平)(叶)廝琅地寶鏡虧(叶)撲通地銀屏墜(叶)【感皇恩】香冷金猊(叶)燭(作上)暗羅幃(叶)支剌地攪斷離腸(句)撲速地淹殘淚眼(句)吃搭地鎖定愁眉(叶)天高雁杳(句)月(作去)皎烏飛(叶)暫別(作平)離(句)且寧耐(句)好將息(作上)(叶)【采茶歌】你心知(叶)我誠實(作平)(叶)有心誰怕隔(作上)年期(叶)去日(作去)須憑燈報喜(句)來時長聽馬頻嘶(叶)

鍾繼先小令

【斠律】此為帶過式。惜用韵稍襍。按北詞自中原音韵作後。北韵始納於綱紀。在此以前及與德清同時曲家。每多古今通押。或就口叶韻。如支思齊微合用。歌戈魚模不分。例不勝舉。嗣成元末詞客。積習難免。以南呂宮小令較少。存此聊備程式。

四塊玉　仝摘調小令

曉夢雲（韻）殘妝粉（叶）一（作上）點芳心怨王孫（叶）十（作平）年不（作上）寄平安信（叶）綠（作去）水濱（叶）碧（作上）草春（叶）紅杏村（叶）（平去宜上）

張可久小令

【斠律】本調末句周德清謂須平平去平平。平去上屬第二著。蓋煞韻處平仄可兩收也。

惟此調與罵玉郎感皇恩相似。若用平平煞。更易混淆。故廣正譜特標明必平去上煞。方別於罵玉郎之平平去。感皇恩之去平平。自以廣正譜所論為是。關漢卿金童玉女劇內作此調云天生下比翼鳥。是元人已有以「上」作煞矣。周說固不必從。又本調尚有換頭。作小令多不用。因略去。

四塊玉帶過罵玉郎感皇恩採茶歌

△兼帶小令

（四塊玉）任、意、行、宜韻 句 安、心、坐、韻 叱、咤、風、雲、當、作去 甚、麼、

〔叶〕青春白(作平)日(作去)休空對〔叶〕燕燕彈(應叶)〔句〕小小歌〔叶〕鶯
鶯和(作去)〔叶〕【罵玉郎】人生恰(作上)似秋風過〔叶〕(纔)裊裊早
陀陀〔叶〕英雄氣概何須大〔叶〕杏纔舒(應叶)〔句〕梅又顆
〔叶〕楓將落(作去)〔叶〕【感皇恩】富貴如何〔叶〕貧賤由他〔叶〕
小蒲團〔句〕低石(作平)几〔句〕且消磨〔叶〕微吟既可〔叶〕長
嘯當合(作平)〔叶〕對青山〔句〕沿碧(作上)岸〔句〕擢(作平)滄波〔叶〕【採茶
歌】趁年和〔叶〕做莊活(作平)〔叶〕村醪社鼓舞婆娑〔叶〕緘
口藏身煩惱少〔句〕識(作上)人多處是非多〔叶〕

康海小令

〔對律〕此四曲相帶實為兼帶破格本係

短套以散套須和鼓板。今欲作小令清唱。乃省用套尾。即就採茶歌末句板節。改作煞聲。殆絃索調流傳時。尚可襲諸宮調衮遍緒餘。不嫌拖沓。及南水磨興起。絃索元音漸滅。此類四曲相帶之譜。盡歸諸拍捱冷板之韻。若再援小令攢用小鑼札鼓幫襯之例。遂爾清歌淹綿。終覺連而不斷。撥諸小令樂程。反失常軌。蓋水磨未興以前。南曲雖盛。然絃索北調。猶存告朔。水磨既起以後。絃索名實俱廢。無可揣摩。茲錄存德涵四曲兼帶程式。亦徒我愛其禮而已。

閱金經 △摘調小令

說着(作平)功名事(句)滿懷都是愁(叶)何似青山歸去(上)休(叶)休(叶)從今身自由(叶)誰能彀(叶)(作上)一蓑烟雨秋(叶) 張養浩小令

斠律 本調一名金字經。亦入雙調。長洲吳先生霜厓云。此曲第二休字。亦可用一平韻代。不必叠字。如正音譜收鮮于去矜小令云。宜(叶)笙歌一派隨(叶)較大雅得體。

乾荷葉 △摘調小令

南高峰〔韻〕北（作上）高峰〔叶〕慘淡煙霞洞〔叶〕宋高宗〔叶〕一（作上）場空〔叶〕吳山依舊酒旗風〔叶〕兩度江南夢〔叶〕

劉秉忠小令

〔斠律〕本調一名翠盤秋。亦入中呂及雙調。首句有不起韻者。非是。惟首二句不必定用疊式。宋高宗一場空兩句。能偶更諧矣。

玉交枝　△摘調小令

休爭閑氣〔韻〕都祇是南柯夢裏〔叶〕想功名到底成何濟〔叶〕總虛華幾人知〔叶〕百（作上）般（乖）不（作上）如（作上）一就

癡叶十作平分醒爭似三分醉叶這的人人生落作去得作上

叶不作上受用圖箇甚的作上叶　無名氏小令

斠律　正音譜在此曲後尚有赤緊的烏

緊飛叶兔緊追叶看看的老來催叶人無

百歲人句枉作千年計叶將眉間悶鎖開

句把心上愁繩解句則這的是延年益壽

的理叶七句長洲吳先生霜厓云此係四

塊玉換頭一體正音譜誤混入玉交枝後

聯書之應刪去大成譜併入四塊玉後頗

有見識按本調一作玉嬌枝亦入雙調

令中多不用及。因略去。

沉醉東風 △摘調小令

黃蘆岸、白(作平)蘋渡口—韻 綠(作去)楊堤、紅蓼灘、頭—叶 雖無刎頸交、叶 却有忘、機友、叶 點秋江、白(作平)鷺沙、鷗—叶 傲殺(作上)人間、萬戶侯、叶 不(作上)識(作上)字(仄)烟(平)、波(平)—釣(去)叟(上)、叶

白樸小令

【斠律】首二句七字相對。三四句係三字語。不可作五字。第五句為上三下四。第六句為上四下三。末句又為上三下四。並宜以平仄仄平平去上收。

步步嬌

△摘調小令

楊柳梢頭月(作去)韻 太半梨花謝叶 無言 自嘆嗟(可仄)叶 却(作上)似情人兩離別(作平)叶 明月 密(作去)雲遮叶 有(仄)箇(仄)團(平)圓(平)夜(去)叶

雍熙小令

斠律 此調本名潘妃曲。入套內居首隻部位時。可用散板。作小令及用在套中。則概須點板。末句又應仄仄平平去收。

慶宣和

△摘調小令

雲影天光乍有無韻 老樹扶疏叶 萬(仄)柄(仄)高(平)荷(平)小(仄)西(平)湖(平)叶 聽(去)雨(上)叶 聽(去)雨(上)叠

張可久小令

【斠律】此為本調正格。萬樹句須仄仄平平仄平平。聽兩句必疊。且須去上。有用去平者。不甚穩協。

月上海棠　△摘調小令

似嫌黃菊(作上)千枝披【韻】如妬芙蓉半面(仄平)妝【叶】秋日(作去)逞妖嬈(應叶)【句】還與那早春一(作上)樣【叶】秋風蕩【叶】此際霜清月(作去上)朗【叶】（公篇）瑶光乍轉芳枝上【叶】翠袖驚寒若(作去)淒(平)愴(仄)【叶】垂首斂嬌姿【句】獨(作平)倚闌干踟望【叶】開珠幌【叶】酌(作上)酒花前共(去上)賞【叶】　雍熙小令

【斠律】么篇第二句。必用仄韻。是與正曲

分界處。不可錯用。上隻逞妖嬈句。於律應

叶。上下兩隻末句均應去上收。

慶東原　△摘調小令

閑乘(作平)興(作仄)【韻】過小亭【叶】没三杯著(作上)甚資談柄【叶】詩

題小景(可平)【叶】香銷方鼎(可平)【叶】曲(作上)換新聲【叶】標格(作上)似劉

伶【叶】受(仄)用(仄)如(平)閑陶(平)令(去)【叶】　曹明善小令

【斠律】本調一名慶東園。首句起韻。與第

二句對。次七字句單領詩題。三句作扇面

對。景鼎二句並可叶平韻。第六句亦作五

字語。末二句復用對。其以三字兩語作收

者。乃成別格。馬致遠有歎世二首。首句均不起韻。元人作此曲。亦多首句不起韻者。究不宜取法。茲錄馬氏原作一首。以備參證。

拔山力(句)舉鼎威(韻)喑嗚叱咤千人廢(韻)陰陵道北(句)烏江岸西(叶)休了衣錦東歸(叶)不如醉還醒(叶)醒而醉(叶)

撥不斷　△摘調小令

抖征衫(韻)望江南(叶)曉匳開月(作去)衰容鑑(叶)恨墨(作去)黏雲遠信緘(叶)凍呵膠雪扁(作上)舟纜(叶)利(仄)名(平)全(平)淡(去)(叶)

張可久小令

【斠律】本調一名續斷絃。北詞廣正譜收馬致遠立峯巒一曲。作七字收尾。蓋誤襯爲正也。長洲簡譜曾加訂正。此末句實祇四字。並應以仄平平去作收爲正格。

落梅風 △摘調小令

夕(作平)陽下【句】酒旆閒【韻】兩三行未曾着(作平)岸【叶】落(作去)花(平)水(平)香(平)茅(去)舍(上)晚【叶】斷(仄)橋(平)頭(平)賣(仄)魚(平)人(平)散(去)【叶】

馬致遠小令

【斠律】第四句末二字須去上。第五句末韻須去聲。此調亦名壽陽曲。

風入松 △單用小令

春風不（作上）到小窗紗（韻）辜負了韶華（叶）淚痕濕（作上）透（去）香羅帕（叶）凭欄望夕（作平）陽西下（叶）惱人（情）愁悶杜（去）宇（句）凝（平）眸（平）處仰（上）數（宜上去）歸（平）鴉（平）（叶）

雍熙小令

〔斠律〕本調與詩餘無異第二句應作上二下三下板處處與詩餘有別濕透杜宇宜作去上仰數宜作上去

得勝令 △摘調小令

雨溜和（作去）風鈴（韻）客（作上）中最難聽（作平）（叶）枕冷鴛衾剩（叶）心焦睡不（作上）成（叶）離情（叶）閃得（作上）人孤另（叶）山城（叶）

願今宵祇四更〔叶〕　景元啟小令

雁兒落帶過得勝令　△兼帶小令

（雁兒落）乾坤一(作上)轉丸〔韻〕日(作去)月(作去)雙飛箭〔叶〕浮生夢

一(作上)場〔句〕世(宜平)事(宜平)雲(宜上)千(宜去)變(宜平)〔叶〕（得勝令）萬里玉(作去)門關〔叶〕

七(作上)里釣魚灘〔叶〕曉日(作去)長安近〔句〕秋風蜀(作平)道難〔叶〕

休干〔叶〕誤殺(作上)英雄漢〔叶〕看(作平)看(作平)二〔叶〕星星兩鬢斑〔叶〕

鄧玉賓小令

〔斠律〕雁兒落一名平沙落雁。得勝令一名凱歌回。又名陣陣贏。二曲亦俱入商調。且大體相似。用作小令。多帶過他曲。惟以雁兒落聯得勝令。最為習見。雁兒落末句。以平平上去平收為正格。至得勝令亦可用作摘調小令。二曲相帶時。在交接處。又可加一呀字。得勝令末句。更可用疊。明人諱雁兒落之名。改題鴻歸浦。並非別格也。

按雁兒落帶過另隻北曲。尚有數式。備錄於次。以供參用。

雁兒落帶過清江引　△兼帶小令

（雁兒落）喜山林眼界高［韻］嫌市井人烟鬧［叶］過中年便退官［句］再不（作上）想長安道［叶］（清江引）綽（作上）然

一作上亭塵世表叶不作上許俗作平人到叶四面桑麻深句

一作上帶雲山妙叶一作上答作兒快活作平直作平到老叶

雍熙小令

斠律 此應視同北帶南式清江引在此處作南調論參見清江引條

雁兒落帶過清江引碧玉簫 △兼帶小令

（雁兒落）隶 乾坤秀氣清韵 凜 冰作上雪丹心正叶 奉 朝中天子宣句 領 閫外將軍令叶（清江引）戰馬遠嘶邊作去月冷叶 捲地旌旗影叶 風生虎帳寒句 作上筆掃狼烟靜叶 咫作上尺 閫 領 三公判內省叶（碧玉

籌滿腹（作上）才能叶幕府夜談兵叶唾手功名叶麟閣（作上）要圖形叶　諸葛亮八（作上）陣（應叶）圖句　周亞夫細柳營叶　羨此行一叶南蠻（平）定叶聽（作平）一叶　和凱歌句敲金鐙叶

　　趙天錫小令

斠律　此亦為三曲相帶式。清江引在此。作北論。凡三曲相帶。末隻如係北曲。則通體純北。不能襍南音也。且首支例不得以南音領調。蓋南弱北強。末二隻既皆作北音。其強已甚。南調柔靡。弱難領強。氣不相貫。故以南帶北。其下祗宜用一隻北調。是宜明辨。曲中碧玉簫一隻。八陣圖細柳營句。諸譜分別正襯。互不相同。參見次節碧玉簫條。

水仙子　△摘調小令

天邊白（作平）雁寫寒雲（韻）鏡裏青鸞瘦玉人（叶）秋風昨（作平）夜（作上）愁成陣（叶）思君不（作上）見君（叶）緩歌獨（作平）自開樽（叶）燈挑盡（叶）酒半醺（叶）如（宜仄）此（仄）黃（平）昏（平）（叶）

張可久小令

〔斠律〕本調一名淩波仙。又名湘妃怨。又名馮夷曲。亦入中呂南呂。與黃鐘水仙子

不同作小令用雙調首二句應對第三句

單接第六句亦有不叶者以叶為正又六

七兩語亦有作五字或四字句法者坊係

旁格

大德歌 △摘調小令

風（應仄）飄（平）飄（平）韻 雨蕭蕭 叶 便做陳摶睡不（作上）着（作平）叶 懊惱

叶 傷懷抱 叶 撲（作上）簌（作上）簌 淚點拋 叶 秋蟬兒噪罷寒

蛩兒叫 叶 淅零零細雨打芭蕉 叶

關漢卿小令

斠律 本曲亦入商調首句應仄平平懊

惱須叶韵。舊譜多失註叶字。第七句亦可作五字句法。

殿前歡 △摘調小令

歎詩癯 韵 十年鄉夢老江湖 叶 笙歌又是錢塘路 叶 往事何如 叶 青鸞寫恨書 叶 紅葉題情疏 叶 翠館酬春句 叶 桃花結子 句 亂燕將雛 叶

張可久小令

斠律 本調一名小婦孩兒。又名鳳將雛。一作鳳引雛。第五六七三句。各譜均按五字句式點板。間有減作三字三語者。實是變格。此三句為板式流轉計。以扇面對為宜。周德清曾以扇面對為非者。蓋守琵琶頓譜之舊。自新板既作。實板總不如宕板美聽協絃也。末二句係正偶。所以實板音而結全局。夢老翠館用去上。是喫緊處。前者所以有別於南調傍妝台夢老句不守去上。則合上三字句言之。將與南傍妝臺首二句相犯。後者有助於板式之承轉。又末句必須以仄仄平平收。此調尚有變格。備錄於次。

病難熬 韻 無情無緒過花朝 叶 不茶不飯

傷懷抱叶越恁無聊叶粉脂殘句香暗消

叶芙蓉貌叶我祇怕鶯花笑叶深局繡戶

叶低簇珠箔叶雍熙小令第五六七句減成三字三語

水晶宮韵四圍天上玉屏風叶姮娥碎剪

銀河凍叶攙盡春紅叶梅花紙帳中叶香

浮動叶一片梨雲夢叶曉來詩句句畫出

漁翁叶張可久小令

第六句減作三字第五第七句有作隔簾對者至減去第七句一語者見諸花李郎

勘吉平襟劇內弗備錄

喚我的是阿誰韵我在這摘星樓上可便

做筵席叶安排下脫殼的金蟬計叶我則

索做小伏低叶這的是他下的我也下的

叶纏殺我也天魔祟叶唬得我似鬼兒般

合撲着地叶這公事天知地知叶我可也

廢寢和那忘食叶 七國記 首句變作六字一句

中五字三句變成六字三語末仍還本格
又陽春白雪收酸齋最高歌帶過曲一隻

其中所題殿前歡牌名係屬紅繡鞋之誤
實與本調不相干涉並非別有一式也

折桂令 △摘調小令 前用四字四語接末用四字三語煞

綴冰痕點點胭脂韻猜是人間句繫杏枯枝叶

山茶茜染〔句〕照映參差〔叶〕（若）倚竹（作上）佳人看時〔叶〕

（索）鐃他風韵些兒〔叶〕脉（作去）脉（作去）奇姿〔叶〕應解癡翁〔句〕

鑒賞妍孅〔叶〕（仄仄平平）　盧摯小令

又一式　前用四字四語接。末以四字三語煞。在第八句下加襯一句。

西湖烟水茫茫〔韵〕百（作上）頃風潭〔句〕十（作平）里荷香〔叶〕宜

兩宜晴〔句〕（西施）淡抹（作去）濃妝〔叶〕尾尾相銜畫舫〔叶〕

（儘）歡聲無日（作去）（不）笙簧〔叶〕春暖花香〔叶〕歲稔時康

〔襯句〕（真乃）上有天堂〔叶〕下有蘇杭〔叶〕　奧敦周卿小令

又一式　前用四字五語接。末以四字三語煞。在第八句下加襯一句。

怎生（來）寬（掩）了裙兒〔韵〕（為）玉（作去）削（作去）肌膚〔句〕香褪腰

肢〔叶〕飯不(作上)沾匙(疊句)〔叶〕睡如翻餅〔句〕氣若(作去)游絲〔叶〕得受用遮莫(作去)害死〔叶〕果誠實有甚推辭〔叶〕乾鬧了多時〔襯句〕本是結(作上)髮(作上)的歡娛〔叶〕倒做了徹骨(作上)兒相思〔叶〕

喬吉小令

又一式

前用四字三語接。末用四字二語煞。在第三句下加襯一句。

咸陽百(作上)二山河〔韵〕兩字功名〔句〕幾陣干戈〔叶〕項廢東吳〔句〕劉興西蜀(作平)〔襯句〕夢(作上)說南柯〔叶〕韓信功兀的般證果〔叶〕蒯通言那裏是風魔〔叶〕成也蕭何〔叶〕醉了由他〔叶〕

馬致遠小令

百字折桂令

敝裘塵土壓征鞍鞭倦裊蘆花〔韻〕弓箭蕭蕭〔句〕

一（作上）境入烟霞〔叶〕動羈懷西風禾黍秋水蒹葭〔叶〕

千點萬點老樹昏鴉〔叶〕三行兩行寫長空啞啞

雁落（作去）平沙〔叶〕曲岸西邊近水灣魚網綸竿釣艖

〔叶〕斷橋東壁傍溪山竹籬茅舍人家〔叶〕見滿山

滿谷（作上）〔句〕紅葉（作去）黃花〔叶〕正是淒涼時候〔句〕離人又

在天涯〔叶〕　　白賁小令

〔斠律〕本調一名秋風第一枝又名天香

引蟾宮曲諸譜所錄格式不一或十句或

十二句或十三句或多至十七句實均係

襯句之增減。殆非本體之變異。其襯句處。僅係承上句板眼之疊腔。並未變異其基本音律。故祇宜視作襯句。長洲吳先生霜厓云。折桂令一曲字句或增或減。然句法皆大同小異。首必六字起式。緊接以四字語。或四句或五句。再用六字二句後。以下直至末句。俱四字語也。如盧疏齋小令自綴冰痕至照映參差間。四字語。祇用四句。與敦周卿小令。首句六字下祇用四字四句。末後四字三語處增一句作四句也。舊譜中。尚有百字折桂令一體。與此曲分而為二。實則仍是原格。但多襯字耳。如白无咎小令云云。細按句調。本與原格無異。不必強列名目。徒亂人意。按百字折桂令。專作小令用。其入套者。多將百字二字截去。直書作折桂令。又廣正譜另收蟾宮曲一隻。並註明仍是兩調。蓋就宮調笛色而言。雙調本用小工。然一部曲牌亦可借用尺字。此蟾宮曲係用尺字。故云不同。若按句法體式。仍是正襯之差。不必另列一格。

水僊子帶過折桂令　△　兼帶小令

（水仙子）小槽新酒滴珍珠　韻　醉倒黃公舊酒壚

叶　酒旗兒飄颺在垂楊樹　叶　常想着花間酒一（作生）

壺　叶　酒中多少名儒　叶　漉酒的陶元亮（借叶）　句　當酒

的唐杜甫　叶　更有箇滌酒器的司馬相如　叶　折

桂令）滌酒器的司馬相如　叶　伴着箇俊俏文君

句　賣酒當壚　叶　有的是當（作入）酒環絛　句　換酒金魚

叶　酒館中有神仙伴侶（借叶）　句　酒樓上有紅粉嬌姝

叶　常揣着買酒青蚨　叶　不喫（作上）酒的愚夫　叶　參不

透這野花村鶩　叶　無名氏小令

斠律　此亦同宮相帶式。曲中有重韵及失叶處。於律不甚相合。僅錄備程式而已。

清江引　△摘調小令

紅塵是非不（作上）到我韵　茅（作上）屋秋風破叶　山（平）村（平）小（仄）過（仄）活（作平）叶　老硯閑功課叶　籬（平）外（宜平）玉（作去）梅（平）三（平）四（去）朵（上）叶

張可久小令

斠律　本調共五句。別稱江兒水。但與南過曲江兒水絕不相同。因此調去乙凡常作南調唱。遂每與南過曲江兒水相混淆。北調清江引。借作南調時。在劇套內得用散板以當尾聲或隔尾在北調則具備板眼作正曲用惟清江引上承接另隻北曲作帶過式時（如雁兒落帶過清江引之類）則去乙凡作南調論除贈腔點板外且中間宜留一二句作散板此固與作詞無關然審律者不可不辨也小過活句有不叶者乃第二著又此調作小令宜重頭異韻

春閨怨 △摘調小令

絳蠟（作去）高燒〔句〕銀屏倦倚〔叶〕沉香火暖翠簾低〔叶〕樽前冷落（作去）藏鬮戲〔叶〕人未回〔叶〕何處尋梅〔叶〕風

雪、（作上）畫、橋西、〔叶〕　無名氏小令

〔斠律〕本曲亦入商調。詞中上去搭配。極爲發調。因錄備程式。

搗練子　△摘調小令

林、下、路、〔句〕水、邊、亭、〔韵〕涼、吹、（作庚）水、（作上）曲、散、餘、酲、〔叶〕小、籐床、〔句〕隨、意、橫、〔叶〕　無名氏小令

〔斠律〕此曲一名胡搗練。尚有下疊。係么篇性質。作北曲可省去。故不備錄。舊譜所收楊景輝小令。實係南呂生查子句法。不宜曲從。此調正格爲首三字兩句對。下七

字句單承。末三字二句收。

側磚兒帶過竹枝歌 △兼帶小令

（側磚兒）你 箇 辜恩負作上德王學作平士韵 今日作去也有趁心時叶 不甫能 盼得作上音書至叶 揣與我 箇 鬮弓兒叶

（竹枝歌）打聽爲官折作上 了 桂枝韵 別作上取 了 新婚甚意思叶 妹妹時下恨難支叶 把 哥哥問傳示叶 則作上問 這 小妮子叶 被 我 都 嗤嗤—叶 扯做紙條兒叶

詞林摘豔小令

斠律 此本鄭德輝倩女離魂第四折中曲文。二調在套內原係緊接聯用。聲調流美。一時遂被樂家子弟摘唱。轉忘其本。故詞林摘豔亦徇俗列作無名氏兼帶小令。又將二曲牌名。顛倒誤置。正襯復多增衍。玆參明元人百種及廣正譜所錄。酌予勘正。側磚兒正名荆山玉。末句以六字收者為常格。但亦有變作七字句者。廣正譜將揣與我箇踢弓兒判作上三下四板式。長洲吳先生霜厓云。此句實祇六字。可賅箇字為襯。正音譜以尋真誤入蓬萊島一隻。列為格式。亦以六字作收。玆從常格以六字句式定板荆山玉與竹枝歌同源於諸宮調舊曲混入北詞後隸雙調而與黃鍾南呂相出入本係入套在小令中僅見此兼帶程式因備錄之細察音律亦屬平帶

沽美酒帶過太平令　△兼帶小令

（沽美酒）滿長空瑞雪（作上）飄（韵）飛柳絮剪鵝毛（叶）煖閣（作上）紅爐獸炭燒（可仄）（叶）粉妝成殿閣（作上）（句）銷金帳飲羊羔（可仄）（叶）（太平令）飛柳絮豐年時兆（叶）謝歌樓酒力（作去）微消（叶）江上有漁翁罷釣（叶）畫（作上）閣內佳人歡笑（叶）我呵一壁廂舞著（作平）（叶）唱著（作平）（叶）彈着和（作去）著（作平）（叶）齊

和(作去)陽(平)春(平)曲(作上)調(去)【叶】 雍熙小令

【對律】沽美酒一名瓊林宴。以偶句起式
後。三五句又可仄叶。太平令起處四句。本
皆祇六字。然元明人多作成七字句法。遂
生異格。中幅二字語係短柱體。按格祇用
三句。但可增益不拘。此處我呵則係襯語。
蓋短柱例須互叶。況本格原祇八句。毋庸
强襯為正。至其末句又宜用平平平去收。

快活年 △摘調小令

閒來乘(作平)興(作仄)訪漁樵【韻】尋林泉故交【叶】開懷暢飲

兩三瓢叶　祇願身安樂（作去）叶　笑了還（作平）重笑叶　沉醉倒叶

壺西村小令

沽美酒帶過快活年　△　兼帶小令

（沽美酒）鍮（作平）石銅　生　性（作上）格韻　魚（作去）目珠少光（作平）澤叶　假骨（作上）董零（可平）碎買叶　怎比那　金廟項牌叶　千人偷萬人買叶　（快活年）數　十　日（作去）相思骨（作上）如柴叶　還自裁自裁叶　強尋着野　薔薇內　園裏栽叶　虧欠鶯花債叶　忔（作去）𢞩的　憠憠害叶　端的是　因甚來叶

無名氏小令

斠律　快活年有二　一入雙調　一入黃鐘

句法板式絕不相同。上列快活年二曲。係雙調快活年正格。亦韵平仄兩收。至廣正譜所列王伯成爲貪眼底情一格。乃黃鐘快活年也。作聯套用。勿相混淆。雙調沽美酒帶過雙調快活年。亦爲同宮相帶。自不得混帶黃鐘快活年曲式。沽美酒帶過太平令與快活年。均爲北詞小令中所常用者。特帶過快活年。節拍較速。故下支快活年宜多用襯。以增板式舒卷之勢。此正北詞勝處耳。

梅花酒帶過七弟兄　△兼帶小令

（梅花酒）他每日笑呵呵韻道淵明不如我叶跳出天羅叶（作上）占斷煙波叶（作上）竹塢松坡叶到處婆娑叶倒大來清閑快活叶（作平）（七弟兄）唱歌叶彈歌叶似風魔叶他把功名富貴都參破叶有花有酒有行窩叶無煩無惱無災禍叶　張養浩小令

斠律　七弟兄在套內緊連梅花酒後作小唱乃題作帶過視同隨帶式隨帶云者蓋主腔在上隻下隻僅具承接之韵下隻節拍恒較上隻為促而下隻首二句又屬

陡起性質。板式宜疏不宜密。俾與上隻相成補益之勝。廣正譜係聯套式點板。故稍密實。上隻梅花酒正格。三五兩句起式後接以四字二句。雲莊茲作多四字兩語。蓋從增格。此四字句原有增簡兩體。簡則依正體作四字一排。增則亦必循用偶數。若衹增單句。便屬破格。其板式固以兩句領一排也。

胡十八　△摘調小令

吹簫的楚伍員(一)(韻)乞食的漢韓信(叶)待客的孟

嘗君［叶］蘇秦原是舊蘇秦［叶］買臣［叶］也曾負薪

［叶］負薪是買臣［叶］你道我窮到老［句］我也有富（平　宜平應叶　仄）

時分［叶］（宜仄　宜平）　無名氏小令

［斠律］本調諸譜所收格式不一首幅三字句有作三字四語並在二字兩句下省用五字一句者有於買臣句不用叶者末句又有作仄仄仄平平者蓋此調原出胡樂輾轉翻製遂不一致唯可斷言者首起必用三字句法蘇秦原是舊蘇秦句宜平叶買臣二字句則必叶耳長洲簡譜錄無

名氏散曲一隻云。雲外塔叶岸邊霞叶橋上客句樹頭鴉叶水村山館日斜挂韻平叶老子韻叶句醉麼叶疑閬苑韻叶句勝浮槎叶若與楚伍員一曲相較。句法互有出入。然此二曲均較其他數格為正。染翰作詞。可就此二曲規格參酌為之。

阿那忽 △摘調小令

山上種些桑麻韻湖上見些生涯叶枕上聽些鼓吹作去聲鳴蛙叶江上聽些琵琶可叶叶 無名氏小令

斠律 那忽一作納忽。常與那忽令混稱。

大成譜誤於正襯辨析未當。實則彼此句法相同。但板式互異。故謳家仍判作兩調。

此曲末韻並可平仄兩煞。

河西水仙子 △單用小令

好花蓋上老人頭韻 年老簪花不作上曾羞叶 賞花不作上趁春光秀叶 到花殘蝶作平也愁叶

楊文奎小令

斠律 長洲吳先生霜厓云。此體即水仙子前半首。因減去後半首。故加河西別之。

謹按河西腔。散板與正板互乘。本調末句

亦用散板。蓋大樂中鼓樂應節之遺意。

華嚴讚

△單用小令

花迎劍佩【韻】柳拂(作上)旌旗【叶】扇開雉尾五雲飛【叶】香散染朝衣【叶】仰光輝【叶】願皇(平)帝(應平)萬(應平)萬(仄)歲(仄)【叶】

楊文奎小令

【訂律】本調末句宜用平平平仄仄。因係翻自佛曲。必須協合梵音。文奎此作。原係揷配套內獨立使用。後經摘出傳唱。故諸家小令與套曲選本均兩收之。至板式騰挪。則彼此微相異耳。

碧玉簫　△摘調小令

秋景堪題（韻）紅葉（作去）滿山溪（可仄）（叶）松徑偏宜（叶）黃菊（作上）

繞東籬（叶）正清樽斟（作平）潑醅（叶）有白（作平）衣勸酒杯（叶）

官品極（作平）（叶）到底成何濟（叶）歸（叶）學（作平）取（仄）淵（平）明（平）醉（去）（叶）

關漢卿小令

【斠律】此曲第二句。亦可仄叶。首四句宜隔簾對。五六二句。有作五字二句相偶者。有作六字二句相偶者。茲據長洲簡譜。斷爲上三字下五各一句。末一字句。必不可少。幸勿忽略。

袄神急　△單用小令

珠簾閒玉鈎【韵】寶篆冷香獸【叶】銀箏錦瑟（作上）【句】生疏了絃上手【叶】恩情如紙葉（作去）薄（作平）【句】人比黃花瘦【叶】離鞍去【句】眉黛愁【叶】數歸期三月（作去）三【句】不覺的又過了中秋【叶】　無名氏小令

【斠律】本調與仙呂袄神急絕不相同。作小令用雙調。人比黃花瘦句。諸譜有作花枝瘦者。茲從長洲簡譜訂作黃花。下接過了中秋。義實較花枝兩字為切。歸期三月三句。廣正譜將數字算作正字。致成六字句法。然更有作上四下三七字語者。是可不拘矣。末句廣正譜將不覺作正字。斷為六字句法。而正音譜將不覺的三字作襯。斷為五字句。茲從簡譜斷為四字句法。並在第二字間加點一拍。作成宕板。似較勝也。

驟雨打新荷　△單用小令

綠（作去）葉（作去）陰濃〔句〕偏地池塘水（作上）閣〔韻〕偏趁涼多〔叶〕海榴初綻〔句〕朶朶蹙（作上）紅羅〔叶〕乳燕雛鶯弄語〔句〕對高柳鳴蟬相和（作去）〔叶〕驟雨過〔叶〕似瓊珠亂撒（作上）〔句〕打

遍新詩〔叶〕（么篇換頭）人生百（作平）年有幾〔句〕會

良辰美景〔句〕休放虛過（作平）〔叶〕富貧前定〔句〕何用苦

張羅〔叶〕命友邀賓宴賞〔句〕飲芳醑淺（作上）酌低歌〔叶〕

且酩酊（可叶）〔句〕從教（作平）二輪〔句〕來往如梭〔叶〕

元好問小令

〔斠律〕實即詩餘。惟樂譜翻成曲調耳。正音譜及欽定譜略去換頭。未是。此調祇作小令用。且必合么篇爲之。例不入套。

得勝樂　△單用小令

玉（作去）露冷冷蛩吟砌〔韻〕落（作去）葉（作去）西風渭水〔叶〕寒雁兒

長空嘹唳（叶）陶元亮醉在東籬（叶）　白樸小令

【斠律】得勝樂一作德勝樂。亦入仙呂。與得勝令不同。此曲尚有么篇換頭。作小令多不用。故略去。末句係六字句收。勿誤成七字。在劇套內。亦有祇用換頭者。惟不多見耳。

一錠銀　△摘調小令

昨（作平作去）日東周今日（作去）秦（韵）舊塚新墳（叶）轉首三年一（作上）閏（叶）把官囚癡人（叶）　樂府新聲無名氏小令

【斠律】通體共四句。廣正譜收周仲彬寂

寂黃昏戶半扃一曲第三句後原揷賓白
一句未予勘正致成增格此調作小令宜
重頭餘參見下條

一錠銀帶過大德樂 △兼帶小令

（一錠銀）翠袖殷勤捧作去玉鍾 韻 淺斟低唱 叶 便是箇惱亂煞蘇州小樣 叶 小名兒喚做當當 叶

（大德樂）弄粉作平調朱試罷曉妝 韻 瀟灑似江梅 句 妖嬈勝海棠 叶 風光滿畫堂 叶 肌膚作平白作上雪香 叶 穿針刺繡牀 叶 時聞金釧響 叶 春筍纖長 叶 題詩寫作去樂章 叶 真謹成行 叶 功名紙半張 叶

無名氏小令

斠律 此為帶過式。主腔在下隻。一錠銀正格共四句。末句平煞。亦有共作五句者。則在第三句下增六字一語。末四字句復以仄煞。此調摘作單唱。究屬權宜。仍用帶過為是。大德樂首句係七字句。二二三兩句為上四下五。大成譜未能將襯字分出。真謹成行句。欽定譜作真草。仍以真謹為是。又舊譜以大德樂無他合格曲文可循。多就前曲截取下隻接為程式。割裂篇章。實捐全壁。愚故備錄帶過全曲。其大德樂本格亦附見焉。非敢故遺大德樂本格反存錄兼式也。大德樂亦可單獨作小令用。

楚天遙帶過清江引

△兼帶小令

（楚天遙）花開人正歡 句 花落（作去）春如醉 叶 春醉有時醒（作平） 句 人老歡難會 叶 一（作上）江春水流 句 萬點楊花墜 叶 誰道是楊花 句 點點離人淚 叶 （清江引）回首有情風萬里 叶 渺渺天無際 叶 愁共海潮來 句 潮去愁難退 叶 更 那堪晚來風又急（作上） 叶

薛昂夫小令

【斠律】楚天遙與詩餘生查子句法相似通體五字句清江引見前註在此作南調用又舊譜多截此曲前隻作楚天遙程式蓋無他曲可循也若單拈楚天遙作小令即依前曲上隻程式為之可矣

新時令 △單用小令

鄭元和（句）當初有家園（韻）騎駿馬（句）來過粉牆邊（叶）一作上段風流（句）佳人二八作上年（叶）四作去目相窺（句）才郎三墜鞭（叶）心堅作平石也穿（叶）如魚似水效鶼鶼（叶）郎君夢撇作上鐙（叶）鴇兒苦愛錢（叶）瓦罐爻梗

句 淒涼受萬千 叶 夜宿（作上）畢田 叶 則（作入）為李亞仙 叶

無名氏小令

斠律　此為單用小令。勿入套數。句法搭配勻稱。調亦美聽。其中陰聲叶韻字宜遵守。

山丹花

△單用小令

昨（作平）朝滿樹花正開 韻 蝴蝶（作平）來 叶 蝴蝶（作平）來 叶 今朝花落（作去）委蒼苔 叶 不見蝴蝶（作平）來 叶 蝴蝶（作平）來 叶

無名氏小令

斠律　此亦為單用小令。長洲吳先生霜

厓云。不見二字。可以作襯。恰好兩排。大成譜將末句叠語刪去。且云按文義不見二字。不應作襯。則蝴蝶來三字亦不應作叠。不知叠句格原無一定。即如中呂之紅衫兒。又如本調之慶宣和。叠句皆無理可說。安得以無關文理。遽可刪去乎。按此調無他曲可循。玆照長洲簡譜存錄之。以備程式。

十棒鼓　△單用小令

將茅庵蓋了（韵）作平作去獨木爲橋（叶）攜作上一壺好酒（句）間

訪漁樵叶洞門半掩半掩無鎖鑰作去叶白作平雲籠罩叶香風不作上動松花落作去叶平生吟笑叶青松影裏影裏沈醉倒叶唱山歌野調叶納作去被蒙頭直作平到曉叶有甚煩惱叶無名氏小令

斠律 長洲吳先生霜厓云。洞門青松二句。正音譜與廣正譜每語皆分作二句。而半掩與影裏。又皆作正字。實是誤也。獨大成譜不誤。按此調亦爲單用小令。

殿前喜 △單用小令

謫作上仙醉眼何曾開韻春眠花市側作上叶伯作上倫笑口

尋常開〔叶〕荷鍤（作上作上）埋〔叶〕妨何礙〔叶〕糟邱高壘葬殘骸〔叶〕先生也快哉〔叶〕　無名氏小令

〔斟律〕此調載在正音譜散套甚少用及張國賓合汗衫劇套內將此曲排在末隻代尾聲單用是此調亦以作小令為宜也

播海令　△摘調小令

烏帽歪〔韻〕醉眼開〔叶〕心快哉〔叶〕想賢愚今何在〔叶〕雲遮了庾亮樓〔句〕塵生滿故（作上）國臺〔叶〕幸有金樽解愁懷〔叶〕高歌歸去來〔叶〕　無名氏小令

〔斟律〕此曲原係套內摘出改點小令板

式。故廣正譜題作散曲。而正音譜又註為小令。諸譜同收此曲。多未明判正襯。不敢臆為分斷。就其板式言之。則與中呂所收者。絶不相同耳。

對玉環帶過清江引　△兼帶小令

（對玉環）羅袖頻掩（應韻）句 淚珠凝粉腮 韻 寶鏡羞看（平叶）句 鬢雲鬆玉釵 叶 飛絮點香階 叶 落（作去）葉（作去）鋪翠苔 叶 去了青春 句 青春不（作上）再來 叶 巴到黃昏 句 黃昏怎地捱 叶 （清江引）推開綠（作去）窗邀月（作上）色（作上）叶 閒月（作去）人何在 叶 歡娛往日（作去應叶）多 句 煩惱今番敘 叶 將一（作上）

片惜花〔作上〕〔小〕愁塞埋〔叶〕　雍熙小令

〔斠律〕上隻對玉環原入套數。元人以其聲調美聽遂合清江引作小令唱。北曲帶過式本不勝例舉。但如雁兒落帶過得勝令。沽美酒帶過太平令。對玉環帶過清江引等類。以習用稍廣。故舊譜特為著錄。此二調亦可分作小令參見南譜。

青玉案　△單用小令

插 宮花〔飲〕御酒同歡樂〔作去〕〔韻〕功勞簿上寫着〔作平〕〔叶〕也麼哥〔格〕萬載標名麒麟閣〔作上〕〔叶〕封妻蔭子〔句〕進祿〔作去〕

加官 一 句 想人生一（作上）世了 叶　無名氏小令

斠律　本調共六句與詩餘同第二句為九字句也麼哥三字為定格與上六字可不顧文義為之但不可竟省不用蓋賴此也麼哥三字得與詩餘有別耳也麼哥上六字應為上二下四且須叶韻舊譜多作功勞簿上寫上也麼哥而忽略叶韻茲據長洲簡譜訂正之此調末句又可作仄仄平平去

魚遊春水　△單用小令

角(作上)門兒關(韻)夜看(作平)殘(叶)空着(作平)人直等到更(作平)闌(叶)他今夜不來呵咱身上慢(叶)閃的我孤單一孤單不(作上)曾慣(叶)鮫綃淚不(作上)乾(叶)

無名氏小令

【斠律】本調一入仙呂及商調。舊譜正襯不甚明析。第五句有作上四下五各一句者。茲從長洲簡譜訂正之。

秋江送

△單用小令

財和氣(句)酒共色(作上)(韻)四般兒狠厲害(叶)成與敗(叶)興又衰(叶)斷送得利名人兩鬢(作平)白(叶)將名韁自解(叶)利鎖頓開(叶)不(作上)索(作上)置田宅(作平)(叶)何須趲金

甫作平 叶 削不如打稽首疾作平忙歸去來 叶 人老了也

句 少不的北作去邙山下丘土裏埋 叶

無名氏小令

斠律 此曲一入商調係兼可插配套內之單用曲也茲照錄舊譜句法以備程式

枳郎兒 △單用小令

訪仙家 韵 訪仙家 叶 遠遠人作去煙霞 一叶 汲作上水新烹陽羨茶 叶 瑤琴彈罷 一叶 看 滿園金粉落作去松花 叶

柴野愚小令

斠律 長洲吳先生霜厓云此調似商調

浪裏來。良是。按本調在套曲中不常見。殆單用小令也。

河西六娘子 △單用小令

天生下一（作上）捻兒玉（作去）娉婷（韵）都道是能傾國（作上）又傾城（叶）作相逢問不（作上）的名和姓（叶）笑臉乍春生（叶）閒把畫欄憑（叶）比那觀音少淨瓶（叶）

陳鐸小令

（斠律）本調第二句有作上三下四七字句者。係屬別格。四五句。又可代以疊句式。此調例不入套。為單用小令。

皂旗兒 △單用小令

坑煖窗明草舍低(韻)誰及(作平)(叶)周公枕上夢初回(叶)周公枕上夢初回(叶)嗏(一格)直(作平)睡到上三竿紅日(作去)(叶)

無名氏小令

(新律)此即商調酒旗兒第四句亦可祇疊後三字。嗏字句又可以呀字代之。

牡丹春

雪(作上)月(作上)精神冰(作去)玉姿(韻)香蕊散金絲(叶)吐檀心(作上)艷素宜春事(叶)奉金巵(叶)喜樂(作去)賞花時(叶)

朱有燉小令

(新律)此調五韻。末韻須以仄平平收。

北越調 此越調即無射商之俗名。調內各曲用六字。

小桃紅 △摘調小令

滿庭落(作去)葉(作去)響哀蟬(韻)秋入(作去)生綃扇(叶)池上芙蓉錦成片(叶)雨餘天(叶)倚欄祇欠如花面(叶)詩題翠箋(叶)香銷金串(叶)羅帳又孤眠(叶)

(宜仄 仄 仄 平 平)

張可久小令

[新律] 本調一名採蓮曲。小山此作一字不襯。最為正格。廣正譜尚收有別格。實不足據。長洲吳先生霜厓云。王實甫西廂聯吟折首云。人間看波是賓白非曲文。廣正

譜則作一體。實是不當。小桃紅從無四字開端也。兩餘天本三字句。今人歌占花魁勸妝此曲。於地天長句。強作地久天長四字句。更為詫異。又詩題二句。亦有祇用一語者。不必從。按此調末句宜仄仄仄平平。

天淨沙 △ 摘調小令

枯藤老樹昏鴉 韻 小橋流水人家 叶 古道西風瘦馬 叶 夕 作平 陽西下 句 斷腸人在天涯 叶

馬致遠小令

斠律 此為一字不襯正格。作小令點板

眼入套曲作散板唱淨角衝場引子多習用之實亦可粗可細之曲也入小令例用慢板末句以平平仄仄平平作收爲正格

寨兒令 △摘調小令

漢子陵韻晉淵明叶二(仄)人(平)到(仄)今(平)香(平)汗(仄)青(平)叶釣叟誰稱叶農夫誰名叶去就一(作上)般輕叶五柳莊月(作去)朗風清叶七(作上)里灘浪穩潮平叶折(作平)腰時心已愧句伸腳(作上)處夢先驚叶聽(平)叶格千(宜仄)萬古(仄)聖(仄)賢(平)評(平)叶

鮮于去矜小令

斠律 本調一名柳營曲與黃鍾寨兒令

不同。作小令用本調。首尾共十二句。首二句對偶不拘。七八兩句。係暗連環調。應以偶句。方為合格。九、十、十二、三句。實係單連環調。故又以扇面對應之。凡單連環調。其音聯貫而下。而扇面對本以三句為一組。俾能配合節拍之流轉。今以適當曲尾不能煞音。（扇面對之單連環調。逐句音節遂彼此相連。利於承轉。難於陡煞。）遂於十二句上。加插一字句以破之。使末一句可以單收。此加插之一字句。必不可省。且須隨韻插用。或用「嗏」字。或用「聽」字。亦可配用襯字而成三字一語。初不以嗏聽等字為限。但襯字不可過長。或一字或二字至三字耳。此調第三句。必用仄平仄平平仄平之折腰句法。方稱協律。末句又應作仄仄平平收。去矜此曲句法皆未能悉合。

黃薔薇　△摘調小令

坐空堂似鑠〔韻〕正午漏天高〔叶〕近晚衹言靜了〔叶〕一夜心煩到曉〔叶〕

王九思小令

〔斠律〕本調作小令。亦如正宮白鶴子類宜用重頭。起處須作偶句。上去尤應嚴守。

黃薔薇帶過慶元貞　△兼帶小令

（黃薔薇）步秋香徑晚【韵】怨翠閣（作上）衾寒【叶】笑把霜楓葉（作去）揀【叶】寫罷衷情興（作去）懶【叶】（慶元貞）幾年月（作去）冷倚闌干【叶】半生花落（作去）盼天顏【叶】九（作平）重雲鎖（作上）隔巫山【叶】休看（作平）【叶】作（作上）等閒【叶】好去到人間【叶】

顧德潤小令

【斠律】此曲係顧均澤小令。諸譜多割裂上下曲文。以作二調程式。廣正譜復就上隻曲下誤註為鄭德輝雜劇。茲據太平樂府並予校正。

凭闌人 △單用小令

江水澄澄江月明（作去）韵 江上何人搊玉箏（作去）叶 隔（作上）江和淚聽（作平）叶 滿江長歎聲叶（仄平平去平） 張可久小令

斠律 北詞道宮各曲。散佚最早。此調本列道宮。以道宮存曲不多。併入越調。亦單用小令也。

梅花引 △摘調小令

春意枝頭鬧（作上）漸回韵 春色（作上）園林氣候催叶 傳芳信 占春魁叶 披香霧 靄春暉叶 盈盈蓓蕾叶 休着 那 嚴凝臘（作去）雪（作去）催叶 朱有燉小令

【斠律】本調與詩餘同名。但體制互異。三四兩句。實三字二語。並作連環調以成主腔。大成譜斷成六字兩句。於折腰處各加一板以為別格。而不知板重眼實連而不環也。故廣正譜祇收一格。良是。此曲一名貧也樂。又名小梅花。入套例居首隻。舊譜本作散板。大成之填板眼。蓋狗新唱。

南鄉子　△單用小令

烏兔似飛梭（斷）催人東注波（叶）浮世（作上）百年如過夢（句）消磨（叶）渾是歡娛（作上）得幾何（叶）

無名氏散曲

【斠律】此即詩餘南鄉子。各譜皆收無名氏散套烏兔似飛梭一隻為程式。實則本調係單用小令。其點板入套者。僅此無名氏一套散曲用之。以南鄉子居首。接以天淨沙。古竹馬。及天淨沙煞為一套。是此曲即入套亦不過為引曲性質。至作小令。點板不宜太密。俾聲調得疏散之致。亦詩餘嘌唱遺意耳。

北商調

即夷則商之俗名。調內各曲用六字或小工。

金菊香 △摘調小令

九天佗(作去)日倍舒長 韻 望闕(作上)均沾雨露香 叶 長安還許鞭影揚 叶 浩蕩春光 叶 薄(作平)海永相望(作平) 叶

九九大慶

斠律 原在套內用散板。以金菊香別格頗多。均屬正襯之異。故權登錄以為程式。並比照他體點拍。藉明曲格。長洲吳先生霜厓有題戲鴻堂墨跡小令一隻。即用本調。曲云。余山亭館杜鵑多 韻 子野眉公攜手過叶硬黃臨本繼宣和叶料當年墨跡搜羅叶敢也向山陰換白鵞叶其正襯搭配處可參玩也。

梧葉兒 △摘調小令

鴛鴦浦句鸚鵡洲韵竹（作上）葉（作去）小漁舟叶煙中樹句山外樓叶水邊鷗叶扇（應平）面（仄）兒（應仄）瀟（平）湘（平）暮（去）秋（應上）叶

張可久小令

斠律　本調一名知秋令。亦入仙呂。首二句須對。四五句亦須對。末句正格又應以平仄仄平平去上收。

百字知秋令

△單用小令

絳蠟殘半明不滅寒灰看時看節落（作上）（作去）韻 沈煙爐

細里末里織分閒卽里卽里漸消 叶 碧紗窗外

風弄雨昔留昔零打芭蕉 叶 惱碎芳心近砌下

啾啾唧唧寒蛩鬧 叶 驚回幽夢丁丁當當簷間

鐵馬敲 叶 半欹單枕乞留乞良捱徹今宵 叶 祇

被這一弄兒淒涼斷送的愁人登時閒病了 叶

王和卿小令

斠律 本調專用作小令。若將曲中旁注△符之正字。視同襯字。實卽梧葉兒之本格。正音譜欽定譜均不收此調。良是。茲以廣正譜既列此曲。且係鼓板調遺音。爰存錄備格。其胡語疊字處。均和串鈴之用。故不得不多加襯字。以和鈴板鼓三者之疊板掩抑而齊奏也。

醋葫蘆

△摘調小令

青回草色新〔句〕紅藏花意好〔韻〕小園亭漸覺（作去）景堪描〔叶〕拂琅玕香階塵淨掃〔叶〕半捲着午風簾幕（作去）〔叶〕畫屏前單少董妖嬈〔叶〕　王九思小令

〔斠律〕首二句亦可作上六下七。末句又

可仄煞。但以平煞為是。此調聯用三四隻即自成套。在套內第一隻用散板。大成譜列兩式。實以襯作正。點板不清。茲予勘正。尚有增字格。亦係增襯為正。聲情無大差別。從略弗錄。

望遠行　△摘調小令

閟拂(作上)銀箏(嘈叶)暫也那消停韻響瑤階風韻清叶忽驚起瀟湘外寒雁兒叫破沙汀叶支楞的淚濕(作上)紘初定叶紘初定叶銀河淡月(作去 可叶)明叶相思調再整叶驀感的花陰外那箇人聽(作平)叶高力(作去)士訴與

實（作平）情【叶】金鐃兒說（作上）的人孤另【叶】　李唐賓小令

【斠律】長洲吳先生霜厓云。此調正音譜分析固是不清。而廣正譜所列各體。亦復不一。實則就所錄湯舜民小令。賈仲明雜劇。及無名氏小令諸格。僅句法略異。大體固無甚分岐。且第三句實止七字。作九字句者誤也。按此調首句第四字。應暗叶。銀河淡月明句。可叶可不叶。廣正譜均失註。

鳳鸞吟

△摘調小令

提起來羞【韻】這相思何日（作去）休【叶】好因緣不（作上）到頭

叶飲幾杯悶酒可叶 叶 醉了時罷手 叶 則怕酒醒作平了
時還依舊 叶 我爲他使盡了心 句 他爲我添消
瘦 叶 都一作上般減了風流 叶

庾吉甫小令

【斠律】一作鳳凰吟，與仙呂相出入。舊譜多將此曲列爲無名氏小令，茲從廣正譜訂爲庾吉甫小令，並以爲本調正格。尚有增句格式，不過在好因緣句後，再將首三句平仄，增作三句，或在醉了時罷手句下，將平平仄仄仄原句式再增二句而已，故從略焉。又此曲第六句，舊譜作則怕酒醒了重還依舊。茲據天啟舊刻曲集校正。

玉抱肚 △摘調小令

休來這裡閒嗑（作上）【韻】俺嬭嬭知道罵我【叶】遲甚麼嘍囉【叶】當初有箇鄭元和【叶】早收心休戀我【叶】

無名氏小令

【斠律】此為玉抱肚別格。作小令多用此式。其正格反入套曲。正格句法較長。創見於董西廂。有么篇換頭搭配整齊。茲並錄商政叔散曲一隻如下。以見正格程式而備參考。

渭城客舍〔韻〕微雨過陌塵輕挹〔借叶〕絲絲
嫩柳搖金〔句〕情晨為誰牽惹〔叶〕海棠影裏
啼子規〔句〕落花（香）亂迷蝴蝶〔叶〕物華美（宜叶）〔句〕
景色淒（宜叶）〔句〕芳菲歇〔叶〕（正）（值）暮春時節〔叶〕雲
歸楚岫〔句〕鸞孤鳳隻〔叶〕釵分鏡破〔句〕瓶墜
簪折〔叶〕（么篇換頭）好風光又逢花謝
〔叶〕美因緣又遭離缺〔叶〕（似）無情一派長波
〔句〕聲聲（漸）替人嗚咽〔叶〕（這）一聲保重言未
絕〔叶〕珠淚痛流雙頰〔叶〕怨滿懷（應叶）〔句〕恨萬疊（可句）
〔句〕愁千結〔叶〕兩情牽惹〔叶〕玉纖捧盃〔句〕星

睥摯淚(句)羞蛾蹙損(句)檀口咨嗟(叶)又

按玉抱肚一入雙調。抱肚係腰帶別稱。舊刻曲本。有作肔肚者。實誤。

秦樓月　△摘調小令

尋芳履(韻)出(作上)門便是西湖路(叶)西湖路(疊)傍花行到舊題詩處(叶)（么篇換頭）瑞芝峰下楊柳塢(叶)看(作平)松未了催歸去(叶)催歸去(疊)吳山雲暗(句)商量又雨(叶)　張可久小令

【斠律】本調一名憶秦娥。即詩餘憶秦娥也。入南調作引子用。不點板。入北詞用作

小令時。仍具板眼。欽定譜。正音譜。所收中

和樂章一隻。均脫去首句及換頭。應注意。

附錄襍調 以次或係冒襲北十三調之襍曲或係自度新腔

大石陽關三疊

渭城朝雨挹(作上)輕塵 韻 更灑遍客(作上)舍青青 叶 弄柔凝千縷 句 更灑遍客(作上)舍青青 叶 弄柔凝翠色(作上) 句 更灑遍客(作上)舍青青 叶 弄柔凝柳(作上)色新 叶 （換頭）休煩惱 句 勸君更盡(作上)一杯酒 句 人生會少 句 富貴功名有定分(作去) 叶 休煩惱 句 勸君更盡(作上)一盃酒 句 舊遊如夢 句 祇恐怕西出(作上)陽關 眼前無故人 叶 休煩惱 句 勸君更盡(作上)一盃酒 句 祇恐怕西出(作上)陽關 句 眼前無故人 叶 無名氏小令

【斠律】此曲實琴調。板式不合北曲弦索。蓋琴曲而冒入北調者。曲中兩用眼前處。俱應作襯。舊譜亦有自第二煩惱起。始作爲么篇。實於板式不合。茲從廣正譜酌予訂正。此曲全隻板式。又賠襯明水磨調格局。應係後人好事翻新。殊屬不倫。姑存錄以供談助。

喜梧桐

蒙山頂上茶〔句〕不比閑花卉〔叶〕採（作上）得茶來〔句〕一（作上）簣兒千金貴一〔叶〕香香噴噴瓶兒裏煨〔叶〕想起茶

來〔句〕酒也無滋味〔叶〕前緣前世少下少下茶行

利〔叶〕　雍熙小令

〔斠律〕本係楳曲。在北入大石。實是南音北唱。在南入商調。照水磨調增衍句法。遂爾面目不同。正音譜北大石中不收此曲。良是。廣正大成兩譜循俗登錄。亦見混用已久。惟究不如漢東山等類楳曲之愈近北十三調耳。末二句板眼。大成刻本有誤。玆參照廣正譜略予訂正。本調板式不合北詞常格。宜注意。

雙調掃晴娘

掃晴娘〔韻〕高盤雲髻鬪紅粧〔叶〕手持竹（作上）帚三千丈〔叶〕舞袖翩揚〔叶〕掃陰雲見太陽〔叶〕曙色光〔叶〕晴霞晃〔叶〕彩鸞回馭到仙鄉〔叶〕相酬進玉（作去）觴〔叶〕

朱有燉小令

〔斠律〕本調為明周憲王自度曲。見誠齋樂府及雍熙樂府中。其前原有序云。掃晴娘乃予審音定律新製。此調與雙調殿前歡略同。此亦雙調曲也。緣其因。實苦久雨。偶見人製紙妝婦女名曰掃晴娘。臂懸灰土。手持掃帚。其意以土剋水。欲掃盡陰雲。乃兒女子戲劇之具耳。予遂以掃晴娘名曲。如曲中柳青娘絡絲娘之比也。是此調來歷本甚明晰。諸譜以其非十三調舊曲。因而弗收。雍熙等選本又略去曲前序言。置諸無名氏襍曲內。遂使後來反滋疑義。按誠齋名有燉。爲明洪武帝之孫。襲封周王。通曉音律。尤精塡譜。所度新腔。殆不同於詞客尋聲。師心自用。且大成譜存記腔格。爰循依登錄。以廣程式。惟曙色光晴霞

晃大成譜合成一句且在睛晃兩字點板

不僅失韵且違句法茲按三字兩語勘正

之

商調涼亭樂　△單用小令

迅速（作上）光陰過隙（作上）駒〔韵〕（作上）一夢華胥〔叶〕走兔飛烏緊

相逐（作平）晝夜催寒暑〔叶〕我本來面目（作去）〔叶〕仙風有

道骨（作上）〔叶〕爭似俺鼉鼓笛（作平）兒者刺古〔叶〕歌鸜鵒〔叶〕

舞鸜鵒〔叶〕　詞林摘豔小令

〔斠律〕此為賈仲明金童玉女曲文由套

內摘出傳唱故詞林摘艷小令中亦見收

錄。按涼亭樂一調。係南地時曲襍入北十三調。板式未能悉合。正音譜遂予摒置。茲以廣正譜既收列在商調。爰徵錄以備程式。大成譜尚收有金烏玉兔一隻。句法稍異。實則以襯作正。未必另有一體耳。

滿堂紅　△單用小令

笑他酣飲醉如泥（韻）也波泥（格）毀茶譽酒論都非（叶）也波非（格）真味至味原無味（叶）也波味（格）會群笄（叶）髡芳菲（叶）串珠璣（叶）不比鷓鴣纔唱翠眉低（叶）　九九大慶

【斠律】滿堂紅一作滿堂春。爲大樂教坊襍曲。板式亦與北調稍異。例不入套。賈仲明金童玉女第一折以此牌與雙調大德歌魚遊春水及芭蕉延壽相連。襍在第一折仙呂套內舞唱。而叶韵各別。實屬串場性質。亦不計入套內也。大成廣正兩譜均未摘棄。玄玉旦明列作小令。因附存之。

芭蕉延壽 △單用小令

韵清微[韵]高山流水野猿嘶[叶]楚雨湘雲塞鴈飛[叶]清風明月(作去)孤鶴(作平)淚[叶]春融和[句]鶯亂啼[叶]

賈仲明金童玉女

【辨律】此與滿堂紅同為教坊襍曲。竄入北詞中。仍屬單用。因板式不同。故正音譜弗收。大成廣正兩譜均錄程式。玆循式載列。以備一格。

南北曲小令譜卷上　終

南北曲小令譜卷下

汪經昌薇史纂訂　　弟子郁元英校閱

南宮小令解旨

一　南宮宮調與北宮相同。而笛色有異。惟仙呂入雙調。係南宮增設。然所列曲牌實從仙呂雙調兩部轉輯而來。殆便聯套之用。固非樂律分部。故九宮大成譜仍判還原宮。不立專名。其餘宮調分合。諸譜復多不一。茲除按樂律序位。以黃鐘居首外。並參依勦通生新譜及呂氏定律。分宮定調。其中如道宮如般涉等調因不適小令並予從略。

一　南宮牌調有引尾慢近賺及過曲之分。過曲與近詞均具節拍聲律之勝。是屬正曲。引尾賺慢率係散板。不具主腔。是皆輔曲。至南宮小令。本限用正曲。且以單用及摘調二類曲牌為主。稍後采及集犯。蹊徑別開。每誤涉獵。宜熟研成例。免致差池。

一　南宮牌調各有固定板式。一切句法正襯。應依板式而定。茲將南調板式表列於次。以備參考。左表所列句法祇按正字計算。襯字不計在內。左表所列板式。祇記正板。贈板不計。

句法	點板通例	例式
一字句	點頭板	梨花兒第四句駐雲飛第五句式。
二字句	(一)第二字點頭板。	降黃龍第七句醉太平及高陽台序第六句式。
	(二)第一二字各點頭板。	山坡羊第九及第十一句式。
	(三)第二字點頭板截板。	刷子序第五句八聲甘州第七句各換頭首句式。
	(四)第二字點頭板腰板截板。	琥珀貓兒墜第五句式。
三字句	(一)第二字點頭板。	小普天樂第一句及第二句式
	(二)第三字點頭板。	排歌第七句第十句式。
	(三)第三字點截板。	太師引錦纏道傍妝台第一句式。
	(四)第一字點腰板第三字點頭板。	宜春令換頭第一二句一江風換頭第一句式尾聲兩三字起句式。

凡三字句兩句相連上句恒用此板式●

(五)第一字第三字各點頭板● 杏羅帶第五六句秋夜月第一句東甌令第一二句式●

(六)第三字點頭板截板● 解三酲及玉芙蓉第七句排歌第六第九句式

(七)第二字點頭第三字點頭板截板● 二郎神第八句式●

(八)第一字點腰板第三字點頭板截板● 二郎神又一體第八句式●

(九)第一二三字各點頭板● 尾犯序第九句一撮棹第一三五七九句及白練序第六句式●

(十)第一二字各點頭板第三字點頭板截板● 集賢賓鶯啼序月上海棠第七句黑麻序第九句式●

四字句

(一)第三字點頭板● 桂枝香第六句步步嬌第四句尾犯序第二句式凡四字句兩句相連上句恒用此板式●

(二)第一二三字各點頭板● 黃鶯兒第八句(第一字上頭板亦可不用)古輪台第四五八十

句式●

(三)第一四字各點頭板●
桂枝香柳搖金第一二句門黑麻第二句皂羅袍第六七八九句五馬江兒水第一三四六七九十一十二十四句式●

(四)第二四字各點頭板●
二犯朝天子第七第九句式●

(五)第二三字點頭板第四字點截板●
黃鶯兒第四句玉芙蓉第八句朱奴兒第六句式●

(六)第一字點腰板第三字點頭板●
古輪台第七句式●

(七)第一四字各點頭板第二字點截板●
歸朝歡第二三第七句解三酲双聲子末句鬧樊第三句畫眉序第四句降黃龍第三第六句式凡四字句兩句相連下句恒用此板式

(八)第一二三字各點頭板第四字點截板●
綿搭絮第三句一江風第五句梁州序第二句式●

(九)第一二字各點頭板第四字點頭板截板●
集賢賓第六句囀林鶯第五句式●

句式	板式	例
	(十)第二字四字各點頭板截板。	醉太平第四句大聖樂第七句小普天樂第六句式。（小普天樂第四字截板亦可不用）
	(十一)第一二三四字各點頭板。	泣顏回第三句八聲甘州第四句鮑老催第一句。（第二三頭板有時不用）越恁好第一第四句醉太平第九句長拍第五句式。
	(十二)第一二三字各點頭板第四字點頭板截板。	撲燈蛾第五句式。
五字句	(一)第二三字點頭板。	夜行船序第十一句金梧桐第五句式。句法上二下三。
	(二)第四字點頭板。	八聲甘州皂羅袍一盆花醉太平第二句式。句法上一下四。
	(三)第二四字各點頭板。	玉芙蓉及畫眉序（第二字頭板亦可不用）第三句式。句法上一下四。

(四)第一五字各點頭板。	月兒高第二一第六句上馬踏第二一三四六九句桂枝香末句金梧桐第二一四六八句式。句法上二一下三。
(五)第三五字各點頭板。	月兒高第三第七句望吾鄉第二一五七句傍妝台第二四五六句桂枝香第十句式。句法上二一下三。
(六)第四五字各點頭板。	式芯令末句式。句法上三二下二。
(七)第四字點頭板 第五字點截板。	勝如花第十句字字錦第十五第十六句式。句法上三二下一。
(八)第三字點頭板 第五字點頭板截板。	錦纏道第三句山花子換頭第一句式。句法上二一下三。
(九)第一三五字各點頭板。	金蓮子末句麻婆子第二一句式句法上二一下三。
(十)第二三五字各點頭板。	永團圓第七句大迓鼓第一句式句法上二一下三。
(十一)第二一五字各點頭板 第二字點腰板。	僥僥令南呂紅芍藥第二一句一撮棹第二一第四句式。句法上二一下三

	(十二)第二五字各點頭板 第三字點截板	集賢賓鶯啼序第二句式句法上一下四
	(十三)第一五字各點頭板 第二字點腰板	勝葫蘆第二句古輪台第三句梁州序第八句式句法上二下三
	(十四)第一字點腰板 第二三五字各點頭板	長拍第八句式句法爲上二下三
	(十五)第五字點頭板 第三字點頭板截板	一封書第一第三句刮鼓令第一句式句法上三下二
	(十六)第四字點頭板 第五字點頭板截板	駐環著第二句式句法上三下二
	(十七)第一三字各點頭板 第五字點頭板截板	瓦盆兒第十句品令第二句式句法爲上二下三
	(十八)第三字點頭板 第五字點頭板腰板	千秋歲第九句式句法上二下三
	截板	
	(十九)第二三字各點頭板 第五字點頭板截板	白練序第四句式句法上二下三
六字句	(一)第三字點頭板	五般宜第十句式句法上二下四

(二)第四字點頭板。	五般宜第一第二句式句法上三下三。
(三)第二五字各點頭板。	短拍第七句梁州序第二句式句法上二下四。
(四)第二六字各點頭板。	一盆花第一句式句法上二下四。
(五)第四六字各點頭板。	醉扶歸要孩兒末句會河陽第六句式忒忒令第五句式句法上三下三。
(六)第一四六字各點頭板。	走山畫眉第三句式句法上三下三。
(七)第二四六字各點頭板。	一封書第二第四句大勝樂瑣窗寒第二句式句法上三下三。
(八)第二四六字各點頭板。	梁州序末句式句法上三下三。
(九)第二三六字各點頭板。	皂羅袍第一句式句法上二下四。
(十)第二五六字各點頭板。	山花子第一第四句江兒水末句式句法上二下四。

（十一）	第二字點頭板 第六字點頭板截板●	勝如花金鳳釵第二句馱環著第六句式句法上二下四●
（十二）	第二五字各點頭板 第六字點截板●	大和佛第八句獅子序第四句式句法上二下四●
（十三）	第二字點頭板截板 第五字點板●	會河陽第四句式句法上二下四
（十四）	第二六字各點頭板 第四字點截板●	長拍第二第十三句排歌第二句八聲甘州刷子序第四句醉太平梁州序第五句泣顏回第二第四句繡帶兒第二句式句法上二下四●
（十五）	第二六字各點頭板 第四字點腰板●	長拍第十二句解三酲園林好第四句朱奴兒䌷老催末句雁過聲第五句千秋歲第八句永團圓第二第四句川撥棹末二句式句法上三下三●
（十六）	第二六字各點頭板 第四字點腰板●	三學士末句千秋歲第七句式句法上三下三●

	(十七)第一二三六字各點頭板第四字點截板。	念奴嬌序第二句二郎神第五句式句法上二下四。
	(十八)第一三五字各點頭板第六字點截板。	古輪台第六句式句法上二下四。
	(十九)第二字點頭板截板第五字點頭板第六字點截板。	下小樓第一第五句好姐姐金娥神曲第一句式句法上二下四。
	(二十)第二字點頭板截板第五六字各點頭板	神杖兒第五句滴溜子第七句式句法上二下四。
	(廿一)第三字點頭板第四字點截板第六字點頭板截板。	越調小桃紅第十句式句法上二下四。
	(廿二)第二四字各點頭板第六字點頭板截板。	刮鼓令第二句式句法上三下三。
	(廿三)第一字點腰板第三五字各點頭板第六字點頭板截板。	尾聲第二句式(第五第六字之頭板係疊板有板無眼)句法上二下四。

七字句	(一)第五七字各點頭板。	醉扶歸第一第五句懶畫眉第二句式句法上四下三。
	(二)第三七字各點頭板第五字點腰板。	錦纏道古輪台末句雁過聲第七句節節高第七八九句絳都春序第六句賞宮花第五第六句式句法上四下三。
	(三)第五七字各點頭板第二字點截板。	石榴花第五句式句法上四下三。
	(四)第三五七字各點頭板。	皂羅袍第四第五末句排歌第四第五句傍妝台第二句八聲州第六句一封書第一五六及末句玉芙蓉第六句朱奴兒第三句梁州序第九第十句懶畫眉第二第五句尾聲末句式句法上四下三。
	(五)第二五七字各點頭板。	畫眉序第七句式句法上四下三。
	(六)第四字點頭板。	大勝樂第八句式句法上三下四。
	(七)第四六字各點頭板。	集賢賓第四句式句法上三下四。

(八)第二四六字各點頭板。	棹角兒序第四句、醉太平第八句、古輪台第十一句、絳都春序第七句式、句法上三下四。
(九)第四六七字各點頭板。	杏子花第二句、二郎神第七句、集賢賓第六句式、句法上三下四。
(十)第二四七字各點頭板。	山花子第三句、太師引第七句式、句法上三下四。
(十一)第四六字各點頭板、第七字點截板。	刷子序第八句、錦纏道第二句、賀新郎第二、第五句、太師引第四及第八句式、句法上三下四。
(十二)第四七字各點頭板、第五字點截板。	長拍第七句、短拍、太師引第五句、賀新郎、浣溪紗第三句、普天樂、雁過聲第五句、刷子序及泣顏回末句式、句法上三下四。
(十三)第一二三五七字各點頭板。	排歌、傍妝台末句、刮鼓令第七句、香羅帶第三句、黃鶯兒第四句、東甌令、孝順歌、鎖南枝第三句式、句法上四下三。

(十四)第五七字各點頭板第三字點頭板截板

紅芍藥第六句式。句法上四下三。

(十五)第一五字各點腰板第三七字各點頭板。

滴滴金要鮑老第一句鮑老催第二句江頭送別第七句尾聲第一句式。句法上四下三。

(十六)第一三七字各點頭板第五字點腰板。

玉芙蓉第五句節節高及正宮小桃紅第三句古輪台第二句醉太平第七句浣溪紗太平歌第四句東甌令第四第六句式句法上四下三。

(十七)第一三四五七字各點頭板。

僥僥令第三句式句法上四下三。

(十八)第一三五字各點頭板第七字點頭板截板。

八聲甘州解三醒第五句石榴花第一句出隊子第三句式句法上四下三。

(十九)第一三字各點頭板第五字點腰板第七

解三醒第三句式句法上四下三。

字點頭板截板。	
(二十)第二四六七字各點頭板。	錦纏道畫眉序第六句好姐姐第二句式句法上三下四。
(廿一)第二四六各字點頭板第七字點截板。	解三醒第一句棹角兒第一二三句刷子序泣顏回第七句錦纏道第五句朱奴兒第一二四句式句法上三下四。
(廿二)第二六字各點頭板第三七字各點截板。	玉交枝第七句式句法上三下四。
(廿三)第二四七各字點頭板第三字點腰板。	玉交枝末句式句法上三下四。
(廿四)第二四六各字點頭板第七字點頭板截板。	忒忒令沉醉東風第一句式句法上三下四。
(廿五)第一二三四五七各字點頭板。	好花兒末句式句法為上三下四。
(廿六)第一字點腰板第三五六字各點頭板第	尾聲第二句式（第五六字之頭板為疊板有板無眼）句法上四

	七字點截板。	下三。
	(廿七)第二四六各字點頭板第七字點頭板截板。	尾聲第二句式（第六第七字之頭板為疊板有板無眼）句法上三下四。
八字句	(一)第四六八各字點頭板。	短拍末句金蓮子第二句式句法上三下五。
	(二)第四八字各點頭板第六字點腰板。	雁過聲第三句耍孩兒第六句紅林擒近第二句式句法上三下五。
	(三)第二四六八字各點頭板。	泣顏回第六句式句法上三下五。
	(四)第一四八字各點頭板第六字點腰板。	鍼線箱第三句式句法上三下五。
	(五)第三五八字各點頭板第六字點截板	刷子序第二句出隊子末句式句法上二下六。
	(六)第六八字各點頭板。第二字點頭板截板	會河陽末二句式句法上二下六。
	(七)第一三五八字各點頭板第六字點截板。	白練序醉太平末句式句法上二下六。

九字句	(一)第二四六九字各點頭板第七字點截板。	錦纏道第四句式句法二二一四。
	(二)第四六九字各點頭板第七字點截板。	八聲甘州玉漏遲序第一句普天樂繡帶兒太師引針線箱末句白練序第三句千秋歲第六句獅子序第四句式句法二二一四。
	(三)第五七九字各點頭板第二字點頭板截板。	南呂紅芍藥第五句式句法二二一四三。
十字句	(一)第四六十字各點頭板第八字點腰板。	傾盃序末句式句法三四二一。
	(二)第三字點頭板截板第六第十字各點頭板第八字點腰板。	賀新郎第四句式句法三四二一。

一　犯曲之作。囿於南調。由來已久至九宮大成譜別立集曲之名於是凡一隻正曲。去其腹

句。別犯他調者是屬本犯。凡襍集同笛色諸曲句。以成一曲者是屬集曲。律家則將二者通稱為犯曲。以在套內獨立不群。故遂兼入小令。然集犯之作。原濟聯套之窮。孳乳日繁。音律漸靡。蓋未可一概括作小令。取捨之際。實有步趨。(一)為取在套內居首位之集曲。(二)為取在套內正曲相間中之單用集曲。其屬全套之集曲。如沈青門字字啼春色一套集曲。先後各隻彼此音程相關。為免以偏蓋全。殆不宜單作小令。(三)為一隻集曲不需疊用即可組套者。不宜用作小令。(四)為板式太長者。不宜用作小令。(五)為必須遵循成例。熟玩名作。以資抉擇。集犯之作小令。往往積習相沿。難密法度。譬如十二紅。不僅一隻即可組套。且板式甚長。而明賢往往用作小唱。至如九疑山。六奏清音等曲。無論板式音律。均不適小令法度。然亦為名家小令所沿用。若執軌糾繩。每難匡復。通權達變。唯守成規。

一　南宮牌調諸譜采擷多寡不一。九宮大成譜搜羅雖富。但傷蕪襍。詞隱舊譜次第較正。而於正犯辨析未切。獨鞠通生新譜及清呂士雄

定律●審訂最精●據鞠通生新譜著錄曲牌計仙
呂一佰十四章羽調十四章正宮九十章小石
二十章中呂九十二章般涉三章道宮八章南
呂一佰七十章黃鐘七十九章越調六十九章
商調九十一章商黃十四章小石三章附錄不
明宮調四十四章●南詞定律即係據此本改訂●
其中犯曲約近半數●茲就適作小令之牌調計
著錄本曲黃鐘二章正宮六章仙呂九章中呂
五章南呂三章大石二章小石三章雙調十七
章商調十章羽調四章越調三章總凡六十四

章。其各宮犯櫂及兼帶均非正調。僅錄附程式。

概不計列。

南宮小令類題

南黃鐘宮 錄本調二章。附犯曲三章。

畫眉序

大三春柳

玉漏太平花 犯本宮。新入。

十一錦 犯仙呂及雙調。新入。

花月園京兆 犯本宮。新入。

南正宮 計錄本調六章。犯曲六章。

錦纏道

玉芙蓉

大普天樂 一入中呂

小普天樂 一入中呂

醉太平 一入南呂

泣秦娥

錦庭樂 犯本宮

普天帶芙蓉 犯本宮

刷子帶芙蓉 犯本宮 舊譜新詞

盃底慶長生 犯本宮 舊譜新詞

五色絲 犯商調仙呂

刷子三太師 犯本宮新入

南仙呂宮 計錄本調九章犯曲九章。

長拍

皂羅袍

傍妝臺 一名臨鏡序

桂枝香 與本宮引子異。一名月中花。但又與雙調月中花不同。

一封書 一名秋江送別

解三酲

掉角兒序

西河柳

春從天上來

二犯月兒高 犯南呂

月雲高 犯中呂

醉羅歌 犯本宮

醉歸花月飛 犯衕調及中呂舊名醉歸花月渡

二犯傍妝臺 犯本宮

封書寄姐姐 犯雙調

甘州歌 犯本宮

二犯桂枝香 犯本宮。舊名桂花襲袍香。非。

解醒樂　犯南呂

南中呂宮　計錄本調五章兼帶一章
犯曲二章

尾犯序

泣顏回　一名杏壇三操

駐馬聽

駐雲飛

南紅繡鞋帶過北紅繡鞋

小團圓

榴花泣　犯本宮

霓裳戲舞千秋歲　犯本宮一名舞霓
戲千秋

南南呂宮 計錄本調三章兼帶一章犯曲九章

一江風

懶畫眉

征胡兵 一名犯明兵舊列在不知宮調今查歸本宮

梁州新郎 犯本宮一作梁州賀新郎

六奏清音 犯仙呂及商調六奏舊作六犯

羅江嬌 犯雙調舊名羅江怨又名羅帶風明人又每改題作楚江情

南羅江嬌帶過北金字經 雖名帶過實係犯調

七犯玲瓏 犯商調及仙呂

畫眉扶皂羅 犯仙呂

懶鶯兒 犯商調

繡帶別家園 犯本宮。新入。

春帶引 犯本宮 新入

南大石調 計錄本調二章

催拍 一名急板令

沙塞子 一名玉河滾

南小石調 計錄本調三章

荷葉鋪水面 一名驟雨打荷荷 與北詞無涉

罵玉郎 舊題為罵玉郎帶過北上小樓。非是。或題作四犯福馬郎及二郎上小樓等名目列入犯曲。亦無確據。茲循長洲簡譜仍題本名。

象牙牀　舊列襍調。據長洲簡譜查歸。

南雙調　計錄本調十七章兼帶一章犯曲六章

鎖南枝

柳搖金　或列為犯曲。非。

四塊金

攤破金字令

夜雨打梧桐

朝天歌　即嬌鶯兒

朝元令 令或作歌非。

銷金帳

錦法經

江兒水 一名岷江綠

風入松

步步嬌

玉嬌枝 嬌一作交

玉抱肚 一作玉色肚誤。

兩頭蠻 一作兩頭南。與襍調異。

對玉環 借北作南。去乙凡唱。

清江引 借北作南。去乙凡唱。亦名江兒水。但與過曲江兒水無涉。

明人又題為玉溪清。

孝南枝 犯本宮。

江頭金桂 犯本宮及仙呂。

風雲會四朝元 犯仙呂中呂及南呂。與本宮因所犯本宮柳搖金。體式不一。遂有增減兩格。或並誤為犯四朝元本調。無的據。

二犯江兒水 犯本宮

錦堂月 犯本宮

風入三松 犯本宮

園林好帶過僥僥令 舊題園林帶僥僥列入犯曲。非。

南商調 計錄本調十章 犯曲八章

高陽臺序 或失序字。非。

山坡羊 舊別題為山坡裏羊

水紅花 一名摘紅蓮。

梧桐樹

金梧桐

喜梧桐

字字錦

集賢賓

黃鶯兒

琥珀貓兒墜

金鶯轉 犯南呂

金絡索 犯南呂。與涉調正曲不同。或題金索掛梧桐。非。

金梧落妝臺 犯仙呂

七條絃 犯南呂。舊名七賢過關。今依長洲簡譜改訂新名。

黃鶯學畫眉 犯黃鍾

金衣插宮花 犯黃鍾

黃羅歌 犯仙呂

御林叫啄木 犯黃鍾

南羽調 計錄本調四章

勝如花

馬鞍子

排歌 原列仙呂 查歸本調

月中花 原列襍調 查歸本宮

南越調 計錄本調三章 犯曲二章

憶多嬌

棉搭絮

浪淘沙

桃花山 犯本宮

憶鶯兒 犯商調

南道宮 省

南般涉 省

附錄襍調 以下非十三調中曲牌。但元明以來。混列南北曲中。並列舊譜。

美櫻桃

紅葉兒

兩頭蠻 與北襍曲兩頭蠻不同。

對美人

南宮小令存目 或係單用。或係小唱。而前輩小令雖偶涉及但無的譜可據。姑存目備考。

仙呂

花藥欄

金盞兒

河傳序

鷓鴣天 見沈自晉越溪新詠小令遍查各譜均散板作引子用存此備查

中呂

古輪台

南呂

引駕行

怨別離

鈕少雅援詞林說統小令為式。實二隻成套。且板式大長。存此備查。

一剪梅

見沈自晉越溪新詠小令。遍查各譜均散板作引子用存此備查。

大石

少年遊

見名媛詩緯馬守貞小令。遍查各譜均散板作引子用存此備查。

般涉

渡江雲　單隻成套。別無他曲可考。存此備查。

道宮

薄媚破　大曲之遺。不合小令存此備查。

△以上各單用曲。前輩小令罕用。存目弗錄式。

黃鐘

滴溜子

正宮

彩旗兒

金殿喜重重

仙呂

醜奴兒近

湘浦雲

荼蘼香旁拍

中呂

縷縷金

鮑老催

南呂

梅花墖

△以上各聯用曲。兼宜小令。以前輩罕用。存目備查。

△又各宮犯調。類宜小令。已就前輩習用各格分宮錄式。餘目過繁。舊譜分明具載。茲不備列。

南宮小令譜

南黃鐘宮

宮內各曲用凡字或六字。

畫眉序

△△有贈　摘調小令　△　二十六板

風雨國山家鬬苦霧愁雲伴窗下叶歎生如甘
仄仄平平仄平仄
蔗句近尾多渣叶醉醒悟莊蝶真詮句觸蠻付
漁樵閒話叶但教平叶句些箇無牽絆句何妨流落
天涯叶　陳與郊小令

新律　本調首句實止三字。舊譜偶將句
前槪字判作實字。因以三字起句者為正
格。五字起句者為別格。摻諸板式。五字或

三字均可通融。故沈譜遂云竟用五字。不作襯字亦可。第二句應仄仄平平仄平仄。或作平叶者不必從。但教二字叶與不叶均可。惟若用韻。必須暗叶。又按譜尚有他格。均入套用。作小令可依此式且用贈慢唱。

大三春柳

△單用小令　△原失板
△今水磨調填板無贈

春景不堪描寫(韻)記上林窈窕(句)太液搖曳(叶)想佳人眉黛(句)憑伊遠山新月(叶)比來夢腰還瘦怯(叶)比太真眉更纖些(叶)轉眼新新黃(句)回頭

嫩綠[句]端不惹霧銷煙迷[句]鶯棲鴉歇[叶]又還
愁由基持箭[句]貔子彎弓射[叶]怕渭城人誤唱
陽關曲[句]斷送人離別[叶]風弄柔條[句]日催細
桔[句]有誰來折[叶]除非是錯認章臺金線[句]西
湖楓葉[叶]灞陵橋空悲切[叶]恁般憔悴[句]這般
磨滅[叶]屈指也[叶]春已矣夏時節[叶]

詞林說統小令

[斠律] 三春柳有二體。以通體九句者為正格。此為別格。茲從長洲簡譜。改題為大三春柳。蓋正格例入套數。此則係屬單用。

不可不加識別也。在曲劇內。祇作一隻。當短套用。在小令中。則當琵琶調樂府用。故字句雖長。亦無礙小令風格。按琵琶調板式。與常曲不同。正始譜所填板式。仍是水磨新調。因從略。

玉漏太平花

△△犯調小令　△新入

有贈

（絳都春序首至五）投林倦鳥（韻）嘆衣塵鬢絲（句）銅華愁照（叶）風雪西城（句）苦憶南天吳閶道（叶）（玉漏遲序六至七）鏡聽詞今年了了（叶）告存詩勞人草草（叶）（太平歌四至六）那有黃羊來祀竈（叶）縱使把癡獃出賣何

人要叶怕風情輸與小兒曹叶(賞宮花末二句)我如今自擁牛衣沈醉倒句也算做春燈兒女對良宵叶 吳梅小令

斠律 此係長洲先生己未鏡聽詞也因創新格歌之。蓋亦同宮互犯。

十一錦 △犯調小令 △新入
△有贈

(絳都春第一句)你是大邦俊秀韻(降黃龍二至三)贅入齊庭句歷遍諸侯叶(誤佳期第二句)想不到公子輩解溫柔叶(三囑付第四句)想不到翩翩更出平原右叶(傍妝臺五至六)論緣分作三生數叶畫螺黛雙眉有叶(金盞兒三至五)是這

等旖旎風流叶合許俺酒政添籌叶都虧得當
年一騎（一作匹）蒲城走叶（江兒水四至五）再莫忘千里從亡狐
犯舅叶再莫恨一家釀亂驪姬后叶（歸朝歡九至十）再
莫想同衾結髮季隗偶叶再莫怨踰垣斬袪寺
人冠叶（桂枝香七至八句）願你兩人白首叶恩深愛久叶
（醉扶歸第五句）趁此好天良夜唱甘州叶（三春柳末一句）問君
家沈醉作不叶　吳梅小令

斠律　本格係長洲先生所創。歲丁巳。先
生入都。道中譜此曲以授歌壇。蓋補晉春
秋場面而作也。調極委婉可聽。存錄以廣

程式。

花月圍京兆　△犯調小令　△新入
△可贈可不贈

（賞宮花首至二）瓊樓晚秋 韻 露涓涓淡欲浮 叶 （京兆序三至六）

占牆陰一角月 句 絕世風流 叶 斂輕陰月影黃昏

句 耐幽思（作仄）啼痕紅透 叶 （月上海棠第七句）心酸穀 叶 （賞宮

（花末二句）問 銀燭高燒花睡否 句 早 玉階霜信逼簾

鈎 叶 吳梅小令

對律 此以黃鐘曲句別犯雙調。蓋笛色

可通也。為長洲先生所創。錄存以廣程式。

本格實可名為二犯賞宮花。

南正宮　宮內各曲用小工或尺字

錦纏道　△摘調小令　△有贈　△三十二板

雁來期〔韻〕正秋風寒雲亂飛〔叶〕把酒對斜暉〔叶〕問芳卿〔讀〕為甚的便蕙損蘭摧〔叶〕想蕭關黃葉盡起〔叶〕念漢殿紫萸誰佩〔叶〕歲月轉淒其〔叶〕敘餘枕剩〔句〕可叶初寒未授衣〔叶〕辜負登高節作上〔叶〕對黃花羞插滿頭歸〔叶〕　梁少白小令

〔散律〕本調作小令用贈悲壯豪健皆可。尚有別格第八第十兩句改作上三下四。少白此曲係用正格。

玉芙蓉　△△　單用小令　可贈可不贈　△　二十五板

千山鳥道無（韵）萬徑人蹤阻（叶）滿乾坤惟有（句）依舊平湖（叶）神仙迷却三山路（叶）烟月分開八景圖（叶）團標內（可叶）（句）茶爐酒爐（叶）俺祇道（讀）海波中現出小蓬壺（可仄）（叶）

馮惟敏小令

［斠律］首二句及五六句均須相偶。團標內三字句宜叶。至末句實止七字，且可仄煞。自荊釵云際風雲那時求價待沽，諸俗唱遂在風字上增點一板，乃成讀句，究違始格。本調原係單用，但亦入套。

大普天樂 △△ 摘調小令 可贈可不贈 △ 二十三板

錦帆開句 飛檣動韻 百花洲讀 清波湧叶 蘭舟

渡句 蘭舟渡 萬紫千紅叶 鬧花枝浪蝶狂蜂叶

吼格 看 前遮後擁叶 歡情似酒濃叶 拾翠 尋芳

來往句 來往格 遊遍春風叶 浣紗記

蔚律 普天樂有大中小三格此為大普天樂計十句創自梁伯龍故特錄浣紗曲文以作程式合頭處加一呀字本是定格然如詞林摘艷收無名氏小令云到春來句 垂陽鎖韻 枝頭上讀 鶯聲和叶 花開放

句 園苑繁華 句 儘遊人翫賞歡樂 叶 休眉上鎖 叶 人生能幾何 叶 問道 朱顏去了 句 還再來麼 叶 是前曲中蘭舟渡叠句及呀字定格。亦可省去。末二句。舊譜有作上六下二者。板式不合。仍以上下均作四字語為是。又此調舊混入中呂。茲照長洲簡譜改訂。末句須用頂真格。

小普天樂 △△摘調 小令 △二十一板
△△有贈

怯嚴寒消風韻 讀 呵手將梅花問 叶 孤眠人最怕窮冬 應叶 句 倩南枝早報先春 叶 飄棉墜粉 叶 任

漫天蔽野(句)休阻行人(叶)　陳鐸小令

[斠律] 本調一入中呂。共七句。較大普天樂僅少五字一句。尚有通體作九句者。是爲中普天樂。俗刻多相混淆。最宜明辨。此曲第三句亦可冠置疊語。如紅拂云汀蘆畔汀蘆畔驚起棲鴻是也。惟後來作者多省略弗用耳。

醉太平　△摘調小令　△二十九板　△有贈

沿流綠水悠悠(可仄可仄)(韻)認淩波步到(句)尚帶紅羞(叶)

斜陽底事(句)爲伊半晌勾留(叶)迎眸(叶)道這般

清豔最宜秋 叶 悔輕被老鷗消受 叶 (合頭) 天涯回首 叶 涉江人在 讀 采采歸舟 叶

吳錫麒小令

斠律 本調一入南呂共有數格平仄韻協不同可參看舊譜其下尚有換頭作小令例不帶用故略去諸譜在此曲後並收小醉太平一調係哨吶腔勿混作小唱

泣秦娥

△△ 單用小令 △ 二十九板

有贈

此心若不去科舉 句 却去淺耕深種 句 村落脩

塵平 平 仄 仄 塵平 平 仄

已 叶 養北堂萱草 句 啜菽飲水須盡禮 叶 向階

下戲舞班衣（叶）祇為名韁利鎖（叶）閃得他孤館
無依倚（叶）（合頭）恨祇恨海濶天高（可叶）（句）我難寄鯉（仄平仄仄）
魚一紙（叶）（平 作平 可平）　無名氏小令

（斠律）本調兼可入套。舊譜有作為犯曲者。長洲吳先生霜厓云。末四句。或云犯泣顏回。欲湊泣秦娥之泣字。作為犯曲。然則前六句所云秦娥。又何指也。不如作正曲為是。首句應平平仄仄平平平仄。按本調第六句。舊譜有作七字語者。按諸板式。以作六字句為宜。末句亦可平收。此調一名秦娥江。

錦庭樂

△△犯調小令　有贈

（錦纏道首至三）倚朱樓句　眺青山遙瞻碧天韻　彩雲邊

忽見嬋娟叶　比尋常十分皎然叶　（滿庭芳七至十一）過

中秋句　爽氣新鮮叶　宜賞瑤卮珷宴叶　笑對銀

燈粉面叶　暢風流夜未闌叶　（普天樂末二句）惟願取年

年句　今夕人月團圓叶　常倫小令

斠律　此以正宮錦纏道。犯滿庭芳及普

天樂。但南中呂滿庭芳。例入引子。自不能

相犯。且本隻句法亦與滿庭芳格式不甚

相合。舊譜多將起犯處三字兩語合作六字一句。又均未能究所自來。鈕少雅援唐樂譜式補入。雖少的譜但據徐譜以為犯此調第七至第十一各五句云。

普天帶芙蓉 △△ 犯調小令 可贈可不贈

（普天樂首至九）鵲橋橫（句）雙星會（韻）玉露潤（讀）金風細（叶）羨誰家乞巧樓頭（叶）聲聲喧玉倚香偎（叶）恨獨拆鴛鴦對（叶）目斷盈盈銀河水（句）妬牛郎織女夫妻（叶）任天長團圓到底（叶）（玉芙蓉末一句）笑人間（讀）為何途路便拋離（叶）

梁少白小令

斠律　此以普天樂別犯玉芙蓉。尚有以普天樂首至六犯玉芙蓉末三句者。乃成別格。正宮中。集曲較少。因援吳騷集列備程式。

刷子帶芙蓉　△△　犯調小令　有贈

（刷子序首至合）遲日媚江山 韻 群花未開 句 新柳初攀 叶 待寫他司馬金城 叶 怕不似京兆陽關 叶 荒彎 叶 拂柔條離情難縮 叶 蕩晴波離魂輕散 叶（玉芙蓉七至末）敢則是白門春懶 叶 破東風數聲羌笛伙雙鬟 叶

吳梅小令

【斠律】此為同宮互犯。別名刷子玉芙蓉。又名汲煞尾。初見用於劉東生散曲。按刷子序起處。正格為四字三語。其以五四四起式者亦以東生為創始。後來作此集曲遂多從劉氏新格。諸譜所收。均係散套或傳奇。因錄長洲先生小令以備程式。

盃底慶長生　△犯調小令　△有贈

（傾盃序首至五）五載春明路軟紅（韵）日醉葡萄甕（叶）那裏見博士公孫（句）上舍林宗（叶）下榻陳蕃（句）伏闕陳東（叶）（醉太平六至八）冬烘（叶）鱣堂雲冷絳帷空（叶）

問何日鶴庭支倖【叶】（長生導引末三句）算平生哀樂錄作

除【句】聽人搬弄【叶】待歸向吳山訪空同【叶】

吳梅小令

【斠律】此格舊用傾盃序換頭首至六犯長生導引十至末而長生導引則用王魁格。諸譜斷句不一。大成譜註記末三句為七四八各一語。其八字一語並作上五下三。但按所填板式。實係六四七句法。固宜準板式判句。至就全曲言之。至犯尺寸。亦不甚相勻。長洲先生因就原製翻訂新格。

以領盃序正曲五句犯醉太平三句。再接
長生導引末三句。使板式得以調協。若套
內揷配。自可沿用舊譜。倘拈小令實以此
新格爲勝也。

五色絲 △△ 犯調小令 有贈

（白練序首至三）良緣雖定（韻）誰染就絲絲月下繩（叶）喜
清潤相看（作平）般般佳勝（叶）（黃鶯兒四至五）青袍志誠（叶）紅
葉證盟（叶）（青哥兒三至四）烏紗濟楚向娉婷（叶）瓊膚白
瑩（叶）（紅芍藥三至四）愛的一點宮黃巧相凭（叶）好捉對
脚跟兒交訂（叶）（黑麻序合至末）感三生（叶）似此雙牽重（作平）

慢句莫問河冰叶　尤伯諧小令

〔斠律〕五色絲義取所集牌名五種各占一色也長洲先生曾拈此格作小令云香殘心字。放下簾櫳冷不支。似鴛陌吹棉蝶巢翻翅。江天暮時。煙霞遠思。今日箇湖山白占。朔風雖冰消彈指。縱有驢背衝寒苦吟士。怕撻貴長安酒市。散瓊脂。一輪黃月。還照梅枝。其平仄下字處。可參玩之。

刷子三太師　△△犯調小令　有贈　△新入

（刷子序首至六）書齋數弓句東方暮年句游戲神通叶

偶翻成一曲清商【句】傳遍了裙屐江東【叶】匆匆【叶】（三學士首至二）記結夏西泠邀我共【叶】怎消停又過春風【叶】（太師引六至末）聽海上成連操雅弄【叶】問誰是懷庭伯仲【叶】朝陽鳳【叶】有吳門數公【叶】望南州【讀】暮雲春樹千鍾（作平）【叶】

吳梅小令

【斠律】此亦係長洲先生創譜。三學士例在刷子序後。故以首二句應之。又足說明凡犯曲兼可按牌調序次截定句位。固不僅墨守單隻句位以求其脗合也。

南仙呂宮

宮內各曲用小工，閒或權用尺凡。

長拍

△△摘調小令　△三十九板
△無贈

咫尺南雲句咫尺南雲疊經年舊雨句冷落故人心眼韻薊萄架下句斗酒賞雨句寫秋心夢痕荒寒叶閒字記雙鬟叶有茂漪才調句介暉詞翰叶琳瑯後文章定硬雅句應刮目再相看叶笑我病懷疏懶叶祇風塵衣袂句憔悴長安叶

吳梅小令

斠律　本調計共十四句並加一疊語起式明人有將第五句省去不用者乃成減

格。第五句（若合計疊語則為第六句）必用四上聲字。第十句（合疊語為第十一句）必用仄仄平平仄仄仄方能合譜。舊作輒難協律。因錄長洲先生小令為式。

皂羅袍　△△　摘調小令　有贈　△　廿五板

點點寒葩將放（韻）伴檀心幾（可平）瓣（句）是綠影瀟湘（叶）花（應仄）神（應仄）欺（平）竹（應平）太（仄）淒（平）涼（平）（叶）自（應平）將（平）蜜（仄）艷（仄）多（平）誇（平）獎（仄）（叶）予香噴鼻（句）爾無片長（叶）竹云詩有（句）風吹細香（叶）淡香兒倒比濃香上（叶）　沈自晉小令

（斠律）此調一名閻花袍。例入套曲。音節

婉和。因亦傳作摘調小令。其中子香噴鼻四語須偶。第四句須仄仄平平仄仄平平。

傍妝臺

△△摘調小令　△十八板
有贈

醉醺醺（韻）甕中乾了玉壺春（叶）勸君莫做千年調（句）苦了百年身（叶）唾津咽（作仄）却心頭火（句）淚點休湮枕上痕（叶）（合頭）拳頭硬（句）肐膊村（叶）得饒人處且饒人（叶）

李開先小令

（對律）本調一名臨鏡序。第三至第六句。作式不一。往往有作六七字各二句者。但板式並無變易。尚有換頭。作小令例不帶用。因略去。

桂枝香

△△摘調小令　可贈可不贈　△二十二板

危樓倚遍【韻】天涯人遠【叶】望不斷嶺樹重遮【句】空自把湘簾高捲【叶】又韶光一年【句】又韶光一年【句】鶯花爛熳【叶】滿懷心事【句】告人難【叶】身外春如海【句】眉尖恨似山【叶】

馮惟敏小令

【斠律】此條過曲與引子桂枝香完全不同。一名月中花。但與羽調月中花無涉。正格計二十二板。五六疊句。可叶可不叶。但須作平平仄平。雖有作平平仄仄者。終難美聽。通體亦可作偶句。此曲作小令及入套皆可。惟小令必用贈板。本宮引子桂枝香。一名疏簾淡月。即詩餘原格。在套內例作散板引場用。幸勿混淆。

一封書 △△單用小令 △二十五板
△可贈可不贈

青溪畔、小園、韻任荒蕪、種幾年、叶黃庭畔、小箋、叶任生疎寫、半篇、叶分來紅藥、春前、好、句可叶摘去青葵雨後、鮮、叶又不顛、叶又不仙、叶拾得榆錢當、作仄酒錢、叶 金鑾小令

𩰫律 本調一名秋江送別。首句及第三

句。皆須作上三下二。因點板時。第三字點二板。第五字點一板也。五六句宜叶。亦可作對。首四句並可作隔簾對。明人有減句格。即將第三第四句刪去。不可从。按此曲係單用。例不入套。在劇套中。大抵以曲代信時用之。仍視同單獨一隻。不與他曲相聯也。

解三酲

△單用小令 △廿八板

△無贈

祇道 領春風向野花飄灑韻却紛飛在戰地塵埃叶牡丹叢曾染姚家色句柏霜信緊舊顏衰

叶 他倒不辭素秋 將 姿態改 句 凡自松粉沾衣
展翅來 叶 (合頭) 還留在 叶 喜得箇籬邊菊下 句
且自舒懷 叶 沈自晉小令

斠律 此係本調正格。解三酲取劉伶五斗解酲之義。有題作解三醒者。實誤。首二句必對。第二句第五字若用平聲。則第七字必用仄叶。如無名氏散曲云。更說與外人不信。是也。第四句係六字折腰語。此調尚有換頭。將首二句。變作上四下三以下復歸本格。通常括此調作小令一隻時。換頭可不帶用。因略去。又本調雖列仙呂。但用凡字。如作重頭。雙疊必須各韻。否則便將成套。

掉角兒序 △△ 摘調小令 無贈 △ 三十板

聽田謳水鄉最宜〔韻〕鳴鞭鼓梅天新霽〔叶〕轉萊陰時看笠歛〔句〕立草泥不嫌脚膩〔叶〕這邊拋〔句〕那邊接〔句〕井字排〔句〕鍼尖簇（應叶）〔句〕綠泥東西〔叶〕風來晴（宜叶）長〔句〕雨來更肥〔叶〕嬌兒叱（可叶）〔句〕一般田穉〔句〕煞費栽培〔叶〕

吳錫祺小令

〔斠律〕此調或題作皂角兒。非。因笛色並

用凡六遂又有列作南宮者。而不知實係仙呂本曲也。鋮尖簇及風來暗長兩句均應仄叶。嬌兒比句則可叶可不叶。

西河柳 △單用小令 △無贈 △廿六板

瀲灩觴(韵)滑辣香(叶)三盃五斗人醉鄉(叶)惟亂神昏沒主張(叶)謫仙(宜平)撈月光(叶)劉伶太放狂(叶)看來不管身飄蕩(叶)倒巷拖街父母何曾養(叶)(合頭)將這酒再休嘗(叶)酒誤了高人智量(叶)

朱有燉小令

斠律 此亦單用曲。謫仙撈月光二句。須

作連環調。各譜字句多相出入。茲從定律

及長洲簡譜訂定。

春從天上來 △△單用小令 無贈 △廿六板

巡官算我 道我 命運乖 韻 作平 教奴鎮日無精彩 叶

祇想佳期 句 更 不想 去 傍妝臺 叶 又恐怕爹娘

左猜 叶 把這容顏直恁改 叶 夜永 作平 更長 句 不由

人淚滿腮 叶 (合.頭) 他情是歹 叶 咱心且捱 叶 終

須還滿 了 這 相思債 叶 詞林摘豔小令

斠律 本調亦屬單用。各譜均收此曲。本

係王伯成散套。而詞林摘豔直列為小令。

故據以登錄起處舊譜作廷官算我〔句〕道
我命運乖〔韻〕致成四五兩語茲從長洲簡
譜將道我二一字作襯訂為七字一句以符
板式其他字句各譜互有出入並參照定
律及長洲簡譜改訂

二犯月兒高

△△ 犯調小令 有贈

（月兒高首至合）玉宇明河浸〔韻〕瓊窗朔風凜〔叶〕展轉蝴蝶夢〔句〕寂寞鴛鴦錦〔叶〕擱淚汪汪〔句〕長夜捱孤枕〔叶〕（五更轉三至五）從來不似 不似 今番甚〔叶〕都 因 一片閑愁〔句〕生 跕 查 惱碎心〔叶〕心〔叶〕害得死臨侵

叶 (上馬踢八至末)再不思量(作平) 句 急煎 煎 怎樣禁(作平) 叶

馮惟敏小令

斠律 此以月兒高為主。而犯他曲。凡書
明幾犯者。則首尾均應歸原調。其中犯二
曲。稱二犯。犯三曲。稱三犯。此曲末段未歸
月兒高原尾格。而題作二犯。實同集曲。一
字句又可以「嗏」字代用不須叶也。

月雲高 △犯調小令 △有贈

(月兒高)別情無限 韻 新愁怎消遣 叶 没奈 何 分恩
愛 句 忍 教人輕 拆 散 叶 一寸柔腸 句 兩下 裏 相

縈絆去則終須去（句）見也還須見（叶）（駐雲飛合至末）

祇怕燈下佳期難上難（叶）枕上相思山外山（叶）

王伯穀小令

斠律　此以月兒高為主而犯他曲也。末兩句舊譜均作犯渡江雲。而渡江雲本調失載。至駐雲飛合至末。板式正復相合。不如直作犯駐雲飛為愈。月兒高部份。亦可以攤破格為之。此曲起處即用攤破月兒高句格。

醉羅歌　△犯調小令　△無贈

（醉扶歸首至四）牡丹牡丹教開了 韻 樂事樂事好須教作平

叶 風光難值可憐宵 叶 不飲花應笑 叶 （皂羅袍六至末）

去年人醉 句 今年已老 叶 今年花謝 句 明年又

好 叶 天時物理全難料 叶 （排歌九至末）人如玉 句 酒

更饒 叶 萬花叢裏聽笙簫 叶 康海小令

又一式 △ 無贈

（醉扶歸首至五）美客美客翩然至 韻 願足願足喜孜孜

叶 百歲良緣定難辭 叶 一雙兩好應無二 叶 祇

道 風流儒雅獨稱師 叶 （皂羅袍五至九）誰知 妝臺拔却

詞臺幟 叶 但願 佳兒佳士可句 叶 歌斯詠斯 叶 還似

雙飛又止可句叶情茲意茲叶（排歌五至末）焚香頂禮氤

氳使叶牽紅線一句合巹卮叶洞房花燭配雄雌

叶沾花雨句折桂枝叶聯登金榜掛名時叶

望湖亭

斠律　二曲所截原調句位不甚相同然

悉合規矩集曲程式往往可憑慧心剪裁

變化或就一隻集曲變通其所截之句法

如此二曲是也或就一隻集曲變通其所

用之曲調如集曲月雲高本犯渡江雲因

過曲中渡江雲本調不存易以駐雲飛是

也。或襲一隻集曲舊名。另行別集曲調。以求推陳出新。如集曲十二紅。一以商調起犯。一以仙呂起犯是也。推而言之。合五種正曲牌調。別集一曲。亦可襲稱五色絲。合七種正曲牌調。以集一曲。亦可襲稱七賢過關。蓋集曲祇求板式相諧。笛色相通。雖犯調有不易之通則。而集腋成裘。原無固定之本格也。

醉歸花月飛　△△犯調小令　有贈

（醉扶歸首至合）舉足舉足迷、芳徑、圖　酒渴酒渴、愛江清、

叶漾水金波襯霞明叶玉樓人映天邊影叶（四時
花三至五）行行叶堆紅幾曲若繡屏叶穿雲一鈎如作平作平
有情叶（攤破月兒高五至末）潦倒春遊句不覺的暮煙冷作平作平
叶祇恐把重門掩叶惱亂卻瓊軒靜叶（駐雲飛合至末）作平
因此早趁空船踏浪萍叶莫向桃源深處停叶
沈自晉小令
斠律　此曲原名醉歸花月渡。末兩句以
為犯渡江雲。茲從長洲簡譜改訂。第三段
亦可照月兒高板式為之。通體有贈。
二犯傍妝臺　△△犯調小令　△本犯
△△有贈

（傍妝臺首至四）高會畫堂中［韻］瑞烟裊裊雨濛濛［叶］漸看（作平）花露重［叶］莫放酒樽空［叶］（八聲甘州五至合）敲殘棋子消清晝［句］捲盡湘簾對遠峰［叶］（皂羅袍合至六）竹溪六逸［句］商山四翁［叶］（傍妝台末一句）至今千載仰高風［叶］

馮惟敏小令

［斟律］此就傍妝臺原格。中間別犯八聲甘州及皂羅袍。故曰二犯。末一句歸本調。最為正格。亦有尾處不歸本調而書明幾犯者。實祗能以集曲視之。究違程式也。

封書寄姐姐

△犯調小令

△可贈可不贈

（一封書首至五）把娘在錦機韻促皺梭呼緯急叶停針響繡帷叶學蠶絲抽繭疾叶似絲蜂簧吟柳絮叶兩夜風生冷怯衣叶（好姐姐四至六）妾老矣叶不比半天鞦韆戲叶敢月暈嬌娥吐玉闈叶

沈蕙端小令

附律 此以一封書別犯好姐姐曲中韻協不甚妥貼姑錄存以備程氏

甘州歌 △△犯調小令 八聲甘州有贈排歌無贈

（八聲甘州首至合）心慵意懶韻歎雲霄回首句夢破邯鄲叶功成名遂句更遲留誰免憂患叶青山揮

灑孤臣血（叶）寶劍催殘壯士顏（叶）（排歌合至末）封侯印（句）拜將壇（叶）虛名枉與後人看（作平）（叶）長安道（句）行路難（叶）不如歸去舊青山（叶）　常倫小令

（斠律）此以八聲甘州為主犯排歌其下尚有八聲甘州換頭犯排歌一隻作小令多不用惟拈此調作小令二隻時第二隻均以換頭起換頭首句用平平仄仄平以次均同正曲句法故不備錄

二犯桂枝香

△犯調小令　△本犯
△有贈

（桂枝香首至四）韶光似酒（韻）醉花酣柳（叶）無端幾許閑

愁（叶）贏得芳容消瘦（叶）（四季花五至合）休休（叶）雲情兩
意無盡頭（叶）三春有約君記否（叶）倚闌干凝翠
眸（叶）（皂羅袍六至九）鶯兒有偶（叶）燕兒有儔（叶）青鸞孤
影（句）教人可羞（叶）（桂枝香十至末）薄倖今何在（句）空餘
燕子樓（叶）

文徵明小令

斠律

此曲舊譜題作桂花襲袍香。非是。蓋起結均歸原調本格。實應書明幾犯也。其中休休。雲情兩意無盡頭四句。舊譜亦作犯四時花。板式不合。仍是犯四季花。按桂枝香犯他曲之例甚多。有名桂子着羅袍者。則以桂枝香首至九犯皂羅袍四至七再歸桂枝香十至十一尾格也。此調應名桂枝香犯有名桂花羅袍歌者。則桂枝香首至四犯四季花五至合。皂羅袍六至末。及排歌末三句也。二曲板式。均婉和美聽。實可選作小令。附識於此。不再錄式。

解酲樂 △犯調小令 △無贈

（解三酲首至四）覷傳奇喜巧鑄圖像韻最堪憎妄肆評作平量叶祇合從頭按拍無疏拔叶一人覽便成腔叶（大聖樂五至末）那得胡圖亂點塗人目句漫假批評

玉茗堂（叶）坊間伎倆（叶）更莫辨詞中襯字（句）曲白同行（叶）

沈自晉小令

【斠律】此為異宮犯曲。仙呂雖用小工，但解三酲却用六字。大聖樂本屬南呂。凡六兼應。故二曲得以互犯。音節諧婉。足供小唱。

南中呂宮 宮內各曲用小工或尺字

尾犯序 △△摘調小令 △廿五板 △有贈

長空一鏡輝〔韻〕萬里全無〔句〕一點纖翳〔叶〕此夜當年〔句〕記雙凭玉肌〔叶〕徙倚〔叶〕空追念香鬢霧鎖〔句〕空追念弓鞋露綴〔叶〕嫦娥寡〔句〕蟾宮獨守〔句〕天遠信音稀〔叶〕 梁少白小令

〔斠律〕本調音色稍高以二十七板為定格今首句不起板乃成二十五板（今首句不起板僅在五字後加一截板）實水磨俗腔所誤少白此作原係散曲南詞韻選中列入小令因援為

摘調程式。

泣顏回　△摘調小令　△廿五板

△可贈可不贈

易水小橋東—韻　送　相思幾度—征鴻　叶　把　淒涼引

逗句　滴溜　溜　落葉—秋風　叶　向　鴛鴦—帳中　叶　強朦

朧讀　合眼難成夢　叶　這些些時夜半衾空暗句—叶　急溫

存雲雨—無蹤　叶

無名氏小令

辭律　本調舊名杏壇三操。明人諱牌名有泣字。又以集曲好事近首數句係用泣顏回起犯。遂權以好事近一名相通假。前賢爭議頗多。惟詞隱辨之最確。通體可贈

可不贈然以用贈慢唱最為美聽作小令時固無不用贈也尚有換頭小令例不帶用因略去

駐馬聽

△△單用小令　△廿四板
△有贈

嗚櫓沙頭〔韻〕月落潮平送去舟〔叶〕風生古渡〔句〕煙鎖平林〔句〕霧隱中流〔叶〕別離早過雁鴻秋〔叶〕思歸正是鱸魚候〔叶〕（合頭）且共忘憂〔叶〕消除賴有樽中酒〔叶〕　楊慎小令

〔斠律〕此為本調正格三四五句須扇面對六七句亦用合璧對末以七字句收尚

有以八字兩語收者。是為別格。不再贅列。

駐雲飛　△△單用小令　△二十板

△△可贈可不贈

風捲楊花 韻 點點飛來 蘸綠紗 叶 夜帶鬆來怕 叶 得似前春麼 叶 嗏 格 淚眼問東風 句 沒些回 應叶 話 叶 教着鸚鵡 句 也把東君罵 叶 （合　頭） 一半嗔他一半耍 叶

施紹莘小令

斠律　此與駐馬聽同屬單用曲。板式最符小令。在套內則列於獨立地位。不與他曲相聯。在傳奇中。亦可疊作數隻作短劇過場用。並得隻隻換韻。一字句。多以「嗏」字代之。

南紅繡鞋帶過北紅繡鞋　△兼帶小令　△無贈

（南紅繡鞋）望園林綠暗紅稀（韻）列杯盤翠繞珠圍（叶）歎年華（句）似流水（叶）對桑榆（句）且銜杯（叶）不消遣枉癡迷（叶）（北紅繡鞋）早覓（作去）取風流活（作平）計（叶）快收拾（作平）仔細心機（叶）愛便（作平）宜終久落（作去）（作平）便宜（叶）榮枯三經草（句）得失一（作上）枰棋（叶）者休要厭甜桃尋醋李（叶）

康海小令

對律　此曲可說明兩例。一為以南帶北文例。一為截板相帶之例也。南紅繡鞋。較北調增疊板。而去乙凡。故多疊句。去其疊板（亦即省去疊句）留其乙凡。便與北調相同。從知南調實從北調翻製。耳音雖變。樂質未變。凡以南領北者。大率類此。所謂北主南從之義。益見純南調不可領北也。舊譜收南調紅繡鞋正格一隻云。猛拌沉醉東風（叶）東風（韻）倩人扶上玉驄（叶）玉驄（叶）歸去路（句）畫橋東（叶）花影亂（句）日曈曨（叶）沸笙歌影裏紗籠（叶）紗籠（叶）今本曲上隻。盡去其疊句。使與北調沆瀣一氣。故可相帶。又足說明截板相帶之例。凡二曲相帶。上曲末一二句因板式不協。皆可截去。而自板式相協之句起。帶過下曲。舊例甚多。本曲居一而已。惟尚有進者。截板相帶。上隻所截之句。例不過三。譬如有十句之曲牌一隻。設自第九句起。板式與下隻曲板不協。自可截去末二句。以配合下隻板式。但若第七句以下。即不協板。固不得截句牽就。故截板相帶。不得截過原曲三分之一。前曲南調部份。前後均有截略。但所截係疊板句。叠板句實與襯句無異且總量未過三之一也。至於下隻曲調。設亦有起處一二句不協時。則惟摒棄弗用。不能截句相承。蓋上隻截去腔格。而下隻完整。猶可相機補益。下缺上全。則往往首重足輕。且下隻音程。原本上隻而發展。自可循源逐流。不必削足適履。徒見才絀也。夫帶過曲調。自樂聲情致言。主輔之節。可以任居上下。自樂程份量言。上下兩隻。必需相等。合之成雙美。析之皆獨勝。一失均衡。便乖帶過體製。此更不可不知者。又南調紅繡鞋別格甚多。第九句有作六字折腰者。有作平平平上去平平。或平平去仄平平去七字。而下省去疊句者。德涵此曲。蓋從別格。

小團圓　△摘調小令　△原失板
△今水磨調塡板無贈

我愛他容嬌〔韻〕他愛我才學〔叶〕但相逢一要一箇天大曉〔叶〕詩酒酕醄〔叶〕歌舞逍遙〔叶〕既趁了少年心〔句〕永團圓直到老〔叶〕　常倫小令

〔斠律〕本調舊譜有列作永團圓又一體者。句法絕不相同。未便相混。茲從大成。定律。南宮詞譜。及長洲簡譜改訂。諸家小令。有題作永團圓者。蓋沿舊譜之誤。此調基本板式已失。大成譜係照水磨調點板。未盡可據。又中呂宮正曲中。尚有荼蘼香旁拍一調。係單用曲以此旁拍係從六攝十一則翻製而來。與小令板式不甚相合。且又無摘調可循。故略去。

榴花泣 △△ 犯調小令 有贈

（石榴花首至四）誰知薄倖直恁太無情〔韻〕從別後冷如冰〔叶〕都將花下海山盟〔叶〕翻做了春夢難憑〔叶〕

（注顏回五至趣末）饒他夢靈（叶）夢中兒也有（箇）陽臺興（叶）作仄

再休提絃續鸞膠（叶）渾一似線斷風箏（叶）

沈仕小令

[斠律] 此以石榴花爲主犯他曲。石榴花第二句本祇六字。舊譜有作七字句者。蓋牽就上三下四句法。如欽定譜作暫回鄉固守清貧便是一例。其實首句加截板後。若次句作上三下四。而在第三字點頭板。則趕板將不及也。仍以六字句爲是。此曲亦本宮相犯。南調小令頗習用之。

霓裳戲舞千秋歲　△△犯調小令　無贈△舊譜新詞

（舞霓裳首至六）生小嬋娟出大家(韵)錦年涯(叶)桃李王姬正穠華(叶)最勞乏(叶)耐心腸諸弟扶持大(叶)更繡湖兒培養出牡丹芽(叶)（大影戲六至七）晚年清暇(叶)又張羅柴米鹽茶(叶)（千秋歲合至末）(作)為兒女(讀)完昏嫁(叶)耽辛苦(讀)無冬夏(叶)甫能彀老境甘回蔗(叶)今日看群裾曳玉(句)一醉流霞(叶)

吳梅小令

[斠律]此格別名舞霓裳千秋歲通體無贈諸譜所收均係散曲或傳奇因以長洲先

生小令為程式。尚有千秋舞霓裳一式。用千秋歲首至合犯舞霓裳五至末。兩調音節。實可交互為用也。

南南呂宮

宮內各曲用凡字或六字。

一江風

△△單用小令　△有贈　△廿一板

到ㄴ春來句常是懨懨害叶不出簾兒外叶甚ㄴ情懷叶雨僝風僽句綠暗紅稀句花事收拾快叶蜂驚蝶又猜句青青半是苔叶一點春何在叶

可句

陳鐸小令

又一式

△廿二板

數ㄴ聲嬌韻漫弄探春調叶綠樹紅雲曉叶小ㄴ橋邊句待賣花郎句可是伊來到叶芳菲報幾朝叶芳菲報幾朝疊遊人魂暗消叶歎韶華倏忽

催年少（叶） 宋子建散曲 第五句下省用仄仄平平一句。芳菲報幾朝下再疊一句。

【辯律】舊譜以第一式為古體。第二式為近詞。其實第五句下省去仄仄平平一句。而於芳菲報幾朝復用疊語者其平仄字數實與上句相同。作為墊句。又何不可。曲中墊句之例甚多。不必對此調特異。强分二體也。又或以此十句中。省去疊句者為古體。而以有疊句者為今體。亦不可信。長洲吳先生霜厓云。此四字句按即指第五句下多仄仄

平平一句萬不可省。浣紗開他家一曲。近頗有
訾議者。乃又强以正作襯。而作六字一句。
板式亦附會填製。不據板斷句。反按句點
板。致失本調腔格。茲據南詞定律及長洲
簡譜勘正。本調若不用贈。則首二句亦可
用兩截板以代替此首二句中第一字之
掣板及第三字之頭板。

懶畫眉 △△單用小令 有贈 △十三板

張家臺榭李家樓韵夜月春風不到頭叶千秋
綠野一時休叶不見隋家柳叶也逐蒲汀荻渚宜平

秋叶

陳與郊小令

斠律　本調作小令一隻時。首句必用仄仄平平起式。如琵琶云強對南薰奏虞絃是也。若一題而連作二隻。次隻始可用平平仄仄仄平平起。明賢作此。輒以平平仄仄起式。不知平起者是近詞。非首格也。第四句實衹五字。有作七字句者。亦非正格。末句第五字宜用陽平。此調作重頭宜隻隻各韵。蓋同韵四隻或六隻。便將成套矣。

征胡兵　△△摘調小令　有贈　△十五板

西江春水舟如箭 韵 歸期應不遠可平 叶 情誰寄與
卿卿 句 祇管憂與煎可仄 叶 你暫時聊自遣 叶 繡窗
下有日恣歡娛 句 黃昏小院 叶 梁辰魚小令

【斠律】本調一名犯胡兵。舊列襍調。今從長洲箇譜歸列本宮。首句宜韵。有不起韵者。終覺不協。第二句亦可用平。而第四句又可仄叶也。欽定譜收琵琶一隻。第六句正襯未分。致成八字句法。大誤。

梁州新郎 △△ 犯調小令 有贈

（賀新郎首至十）山山排闥 句 青青入座 韵 伴我羲窗高

臥叶幽添啼鳥句將人喚醒愁魔叶更喜蒼煙

開曙句翠竹迷陰句把一片瀟湘鎖叶庭間客

至也共婆娑叶一日長如兩日過作平叶（賀新郎合至末）奕

壘罷句談鋒破叶取江城近事傳些箇叶堪撫

掌句樂如何叶　沈自晉小令

勘律　此以梁州序為主別犯賀新郎末

兩句以平仄去仄平仄收為正格尚有換

頭一式前四句用梁州序換頭起調作小

令例不用

六奏清音　△△犯調小令

有贈

（梁州序首至五）倦拋針線【韻】懶拈簫管【叶】一味軟疼柔怨【叶】雕梁燕子【句】偏生恁地多言【叶】（桂枝香十至末）低聲似說芳春去【句】絮語應嘲翠黛殘【叶】（排歌合至七）縈飛絮（應叶）【句】哭老鵑【叶】惱人心性脫棉天【叶】（八聲甘州五至合）怎消得黃梅雨在芭蕉上【句】祇落得粉淚痕交枕簟間【叶】（皂羅袍六至末）茫茫遠信【句】雲邊樹邊【叶】懨懨病骨【句】香前酒前【叶】常常繡帶移新眼【叶】（黃鶯兒合至末）暗愁煎【叶】綺琴偷弄【句】翻曲記奇緣【叶】

施紹莘小令

【斠律】舊譜題作六犯清音。殆喻以六類

曲牌相集成調之意。惟清音二字既非過曲名稱。題作六犯。便易與通常所謂幾犯之曲相混淆。不如稱六奏為愈。其中皂羅袍習用原格兩句。此用四句者。以原調四句。板式及平仄相同。並不窒礙。集曲既無定格。祇須管色句位板式均無衝突。一二句之損益。固自無妨。惟坊間刻本有將曲中之八聲甘州。標作傍妝臺者。大誤。蓋傍妝臺全調。無一句能與黃梅雨淚痕交兩句相合也。

羅江嬌 △△ 犯調小令 有贈

(香羅帶首至六)一更(作平)夜氣清〔韻〕瑤階露零〔叶〕奴家等得燈半昏〔叶〕強將針黹度閒情〔叶〕也〔格〕思量薄倖〔讀〕全無志誠〔叶〕今宵那答花徑行〔叶〕(一江風五至九)冷冷清清〔叶〕門掩孤幃靜〔叶〕紅鴛被怎溫〔叶〕紅鴛被怎溫〔疊〕青鸞夢未成〔叶〕(步步嬌末一句)又感起相思病〔叶〕

朱有燉小令

〔斠律〕本名羅江怨又名羅帶風係合三牌調而成大成譜及南詞定律均以末一句犯怨別離但板式平仄均不符欽定譜

南詞新譜又調停其間。以為統犯一江風。此羅帶風之名所由來也。長洲吳先生霜厓詳加考訂。以為步步嬌末一句板式甚相配合。不如易怨別離為步步嬌。蓋集曲原無定格。以音節相諧為主。固自不妨通假。若固執末一句歸入一江風。究嫌牽湊。因從長洲簡譜改訂。曲中香羅帶亦有祇用首至四而一江風不用疊句者。集曲本可就音律配搭句調而定取捨。亦不必強列作又一體。誠齋此曲。前並序云。予居於中土不習南方音調。詩餘亦多製北曲。以寄傲於情興。遊戲於音律耳。適者聞人有歌羅江怨者。予愛其音韵抑揚。有一唱三歎之妙。乃令其歌之十餘度。予始能記其音調。遂製四時詞四篇。更其名曰楚江情。蓋誠齋譜曲牌中有怨字。故特改稱。今人附會朝來翠袖一曲以為係袁籜庵所改。亦太不察矣。特拈證原文。以明勦說。

南羅江嬌帶過北金字經

△△兼帶小令
上曲有贈
下曲無贈

（羅江嬌首至末）春歸在客先〔韻〕窮途可憐〔叶〕江東雁轉
書不傳〔叶〕每逢花發記流年〔叶〕也〔格〕王孫憔悴
〔讀〕迢迢故園〔叶〕寒燈孤館人未眠〔叶〕冷瀟瀟月
落西軒—〔叶〕冷瀟瀟月落西軒—〔墊句〕夢繞巫峰遍
〔叶〕歸程路幾千〔叶〕歸程路幾千〔疊〕何時信馬鞭
〔叶〕直撞入深深院〔叶〕（北金字經）直撞入深深院〔句〕相
逢曲檻邊〔叶〕驀得多嬌步欲旋〔叶〕步欲旋—〔叶〕鞋
兜雲髻偏〔叶〕禁不住春心顫應叶〔句〕想今宵人月圓
〔叶〕想今宵人月圓〔墊句〕梁辰魚小令

〔斠律〕上隻羅江嬌月落西軒及下隻末

尾今宵人月圓。均各用疊一次。均為便於轉板而設。與原格無關。應視同襯句。上隻襯句。乃便板式由密轉疏。以渡過下曲板式。末幅人月圓用襯句。則係代替尾聲板式。以成聯套之格也。（此曲一隻亦可成套）作小令。末一句本不必用疊。但如此長曲。實收煞不易。複疊一次。以永聲情。雖與詞章之事無涉。抑亦審音所必要。按此曲始見江東白苧。原題作楚江情帶過金字經。頗滋後來議論。有斥以集曲不能與正曲相帶而以伯龍茲作為口實者。有認為集曲正曲。可以互帶而復舉伯龍茲作當例證者。經細按各說。根竅之見。均尚嫌不足。夫集曲。祇可採集南調。不可旁集北曲。固定例也。此金字經雖係北調。然與羅江嬌相較。則不僅管色可同用凡字。且金字經又多南音。詞客集曲。貪多務得。乃欲兼併。顧格於規律南不集北。於是以羅江嬌算作一隻整曲。用帶過方式別金字經於集調之外。復援南北互帶之例。聯板唱出。於集調之律無損。而魚與熊掌復可兼致。此屬權宜之法。雖名帶過。實係犯調。特避此南北互犯之迹耳。至集曲犯調原可多可少。本無須復帶過。設此金字經是南調時。則直納於一曲之內。如三十腔之合三十曲調。十二紅之合十二曲調。更不必強置帶過以別集曲之外矣。由是言之。集曲之可否與正曲相帶。即不難明其消息。一凡集曲。限在南調之內相採輯。故遇南調中管色板式相當之正曲。儘可網羅。不必帶過。如月雲高之類。合月兒高與駐雲飛全隻曲調為之。另題集調名稱。不復標作帶過。可資證也。二。凡集曲。須採及北調時。則必作帶過格式。不能混合集調之內。如伯龍此曲是也。三。凡集曲採取北調。祇能取用全隻。作帶過曲子。不能截取北調數句。襍置集調中間部位。如此便非帶過。四。集曲必須在上。北調例居下隻。且主腔應在上隻集曲。北調祇供隨帶之用。若賓主易位。則北踈集密。北粗集細。聆賞失節矣。

七犯玲瓏 △△ 犯調小令 有贈

（香羅帶首至三）凝妝上翠樓（韻）垂楊映玉鈎（叶）幢（作平）簾不捲餘寒透（叶）（梧葉兒三至五）羅袖鈿箜篌（叶）彈出江南怨（叶）翻成塞北愁（叶）（水紅花五至八）漫凝眸（叶）繁華時候（叶）祇見得王孫芳草（句）千里路悠悠（叶）（皂羅袍四至六）歎韶華不為（作仄）少年留（叶）恨青春獨把空床守（叶）蜂兒作對（句）鶯兒喚友（叶）魚兒不見（句）雁兒怎求（叶）（桂枝香末二句）有信書難寄（句）無言淚暗流（叶）（排歌末三句）寬腰帶（句）脫臂鞲（叶）闌干劃損玉搔頭（叶）（黃鶯兒末一句）何日再綢繆（叶）

楊慎小令

【斠律】此曲向列襍調。茲遵集曲以首數句曲調為定宮分調之通例。改列在南呂。疊七牌調成曲。故曰七犯玲瓏。猶大奏清音之類。惟桂枝香在仙呂。排歌在羽調。舊列仙呂均用小工。今相借犯。殆沿舊律。梧葉兒三句。亦與本格不合。故沈譜及欽定譜均列入不知宮調。茲以流傳既久。故著錄之。

畫眉扶皂羅 △△犯調小令 有贈

(懶畫眉首至三)漁陽鼙鼓下。江東 一【韵】寂寞玄亭老。鞠通【叶】遙憐有客問。雕蟲【叶】(醉扶歸首至三)喜心見獵還。能

動[叶]無緣對面不相逢[叶]黃花插鬢須陪奉[叶]
（包羅袍六至末）甘泉碧釀[句]來斟壽觥[叶]冰絲玉膾[句]
堪攜饋兄[叶]追隨笑舞群仙從（作仄）[叶]

沈自晉小令

[斟律]此以懶畫眉為主別犯醉扶歸皂
羅袍按譜內南呂與仙呂相犯之曲數見
蓋曲中南呂宮即林鐘宮俗稱音色等今
曲笛六字而仙呂宮原即夷則宮俗稱音
色略等今常笛六字彼此相差在下六與
六之間故南犯舊聲恒相出入至水磨興

起後。始以南呂用凡。仙呂用小工。然今仙呂曲中猶閣沿用六字。如解三酲一類是也。其實凡字較小工高僅半律。南呂吃調雖稍高。設以輕律數樂字。其與仙呂調低而律重之曲相校量。彼此音程固相當無隔越。此處以仙呂小工曲應犯。亦係遵循舊聲。幸毋持水磨嗣音滋疑議。凡集犯必同一笛色。其偶有笛色名級不同而相犯者。皆係沿水磨未起前南宮出入之成規。固非循水磨以後之新調。特著明之。藉資隔反。又按本宮內如繡帶引。懶鍼線。醉宜春。鎖窗繡。大節高。東甌蓮等犯曲。以其音節諧婉。易被採作小令。其實此六曲向聯綴組套。殊少單用。並宜注意。

懶鶯兒　△犯調小令　△有贈

（懶畫眉首至四）風渚蕭疏竹千竿 一韻 次第閒鷗點幾灘 叶 遙天青碾到雕欄 叶 魂夢依誰遠 句（黃鶯兒末三句）落霞寒 叶 征帆幅幅 句 欲渡奈愁殘 叶

沈靜專小令

斠律　此以懶畫眉別犯黃鶯兒。魂夢依

誰遠句。於律當叶。茲因接叶黃鶯兒。故權用散聲。俗刻又落魂字。致與懶畫眉句法不合。誣罔已久。爰辨明之。

繡鴛別家園

△△犯調小令 △新入
有贈

（繡帶兒首至四）休提起蛾眉聲價 韵 算和親輪到奴家 叶 便長留兩臂宮砂 叶 怕難忘一縷溪紗 叶（引駕行三至四）承謝你不識面的東君擡舉咱 叶 恰相逢盈盈未嫁 叶（怨別離六至九）現如今故國天涯 叶 杜若溪邊 句 苧蘿山下 叶 何日（作平）重停踏 叶（癡冤家三至四）況姑蘇臺畔多俊娃 叶 怕老君王看不上貧家裙

秋〡叶（滿園春合至末）望吳山那答〡叶別越山這答〡叶殘陽暮鴉叶迢迢路起叶

吳梅小令

斠律 此為長洲先生創格丁戊間都中秦腔女伶名解靈芝者解人意喜水磨調先生因創此格並填詞付之而歌即世所稱西施辭越歌也九城轟傳而先生復張緒當年遂成韵事曲中繡帶兒至怨別離用贈癡寃家以後亦可無贈婉抑俊雅聲詞相孚錄存以為楷示

春帶引 △犯調小令 △新入 △有贈

（宜春令首至五）城南路 句 柳絮黏 韵 認南朝脂香夢甜 叶 頻楊何處 句 荒村那討 過 溫柔店 叶 （繡帶兒三至五）想當時 飯胡麻 有 阮肇劉晨 可叶 句 戲勾闌 更許多蘇卿雙漸 叶 風恬 叶 （太師引六至末）楊花重撲遊子面 叶 倒 拈引 得 幾多風欠 叶 長橋險 叶 耐 書生脚尖 叶 還要費 讀 韓家舊稿香奩 叶 吳梅小令

斠律

此為長洲先生創格。太師引句法。諸譜斷句不一。均係正襯之爭。而板式固彼此無甚差別。因從板式酌予勘訂。本隻集曲。用贈板唱。極委婉可聽。

南大石調 調內各曲用小工或尺字

催拍 △△ 摘調小令 △ 廿四板 無贈

沒包彈嬌容可誇 韵 徹溫柔性兒好拿 叶 見風流俏家 叶 可疊 擲果潘安 句 詠雪劉乂 叶 兩意相投 句 錦上添花 叶 交鸞鳳春事無涯 叶 不覺香露滴 句 牡丹芽 叶

沈仕小令

斠律 本調又名急板令。鼓板曲也。第三句宜用疊。以應節拍。四、五、六、七四句應對。末三字兩句。又以斠語收。必如此勻稱方能趁板而下。不礙歌喉。

沙塞子 △單用小令△二十九板 △有贈△換頭三十二板

紫府神仙會早(韵)料應(作平)姑射擊碎瓊苞(叶)漸布滿三千世界(句)渾如膩粉裝巧(叶)凝眺(叶)祇見銀鋪萬瓦(句)鹽堆平地(句)化工呈瑞(句)預報豐年佳兆(叶)追思舊日(句)山陰乘(作平)興(作仄)(句)夜半扁舟(句)千古名高(叶)(換頭)歡笑(叶)彼此青春年少(叶)銷金帳滿泛香羔(叶)步瑤階同攜素手(句)渾如身在蓬島(叶)江皋(叶)暗香疎影(句)橫斜映水(句)冰肌玉骨(句)盈盈一色奇妙(叶)追思舊日(句)含章殿下(句)妁出宮妝(句)千古名高(叶) 古曲

【斟律】此調一名玉河渡。為單用曲。因接用催拍二隻。亦可聯套。遂與本宮沙塞子急一調往往相混。實則沙塞子通常帶換頭。用作小令。沙塞子急專入套曲。且句法音律不相同。固兩無關涉也。沈譜取錄正襯文字稍異。當另有據。今不及見矣。

南小石調 調內各曲用小工或尺字

荷葉鋪水面 △△摘調小令 廿二板 △有贈

春光豔冶句遊人踏綠苔叶千紅萬紫競秀開叶暖風拂鼻籟叶驀地暗香透滿懷叶茶蘼似錦裁叶嬌紅間綠白叶柢怕迅速春回叶悮落在塵埃叶折向鬢雲間金鳳釵叶 宋康小令

斠律 此調一名驟雨打新荷但與元遺山綠葉陰濃之作無涉遺山之詞係北調小令入南呂及雙調此則純南調過曲作式不一但首三句均從三、三、七、起調迅速

春回誤落塵埃兩語亦有省去者●如八義

語不甦醒怎奈何一隻是也●末句又可仄

煞●黃孝子曲云漸覺晚來寒愈灑●便是一

例●欽定譜斷句及分襯●均不確切●復因緣

樓記一曲字句稍異●遂多議論●其實各作●

板式均不相違●至徐子室以此曲為驟兩

打新荷●將前程事枉費心一隻●別立荷葉

鋪水面調名實是傅會●仍以蔣譜為是●茲

併訂正●

罵玉郎 △△摘調 小令 △四十九板

△△無贈

花壓闌干春晝遲 韻 喚起 嬌娥睡 讀 鶯亂啼 叶
無言嘿嘿鬪芳菲 叶 減香肌 叶 文 早是綠暗紅
稀 叶 聽聲聲子規 叶 聽聲聲子規 叶 路旁芳草
萋萋 叶 把王孫路迷 叶 把王孫路迷 疊 在 芳叢
徑裏 叶 文 没 箇 相周相濟 叶 俺祇見來往遊蜂
句 俺祇見來往遊蜂 疊 貪花蝴蝶 句 上下爭飛
叶 恁成雙 讀 俺孤單 讀 心中憔悴 叶 不覺雨過
時 讀 園林香細 叶 南九宮詞小令

斠律 據九宮正始此係吳舜英傳奇中
曲文而明三徑草堂所刊南九宮詞則收

作小唱。足證是摘調無疑。揆其樂度。實南北雜聲。竄入曲後。句式遂無準則。細按諸家所作。大抵自花壓闌干至路旁芳草萋萋。句法平仄。均無大出入。僅第二句或破成上五下三各一語。把王孫路迷及俺祇見往來遊蜂句。或疊或否。或叶或句。或各判作四字句法而以把字及俺祇見三字列作襯字。惟調中四字拍太多。若再不用疊或將疊語唱作四字。則板實而復嫌散漫無歸。反失疎落不紊之序。又芳叢徑裏

沒箇相周濟二句。或各作七字暗連環。如
無名氏云。斷腸人心中慘傷。離情事休教
添上是也。恁成雙俺孤單或斷作三字各
一句。至尾語兩過時下。又或作上六下四
而將上六斷成讀句。或作三字二語而以
餘字為襯。或竟合成六字一句。最見歧異。
然樂譜板式則無甚懸殊。殆亦正襯區處
之辯耳。舊譜因程式不一。各抒所見。乃多
聚訟。有題為南罵玉郎帶過北上小樓混
歸入南呂者。而不知南十三調舊制。罵玉

郎應入小石。且與北中呂尺寸不同。無從相帶。又或題為四犯福馬郎。而所犯樂程。亦無的據。至徐子室強合福馬郎水紅花紅衫兒北上小樓句法。竟不顧集曲從無襍集北調之例。改題為二郎上紅樓。雖極盡截湊苦心。其奈失移宮協律之本何。長洲吳先生霜厓。則以為不如題作駡玉郎本曲為是。蓋南宮本有駡玉郎一調。特湮晦而見遺於譜外。徐子室列張小山君王曾賜瓊林宴曲為南駡玉郎程式。實是以北誤南。絕非南調本格。徐譜如此類事。不一而足。蓋沿明末文人壽傳會譜世習氣。亦見罵玉郎南格。沈晦已久。究非調之不存也。

惟吳先生於此調斷句為讀之處稍多。茲仍以長洲簡譜為本。並旁究各舊譜所列板式。酌定句法。其變化不一處。可參照舊詞為之。似不必强立定格。

象牙牀 △△摘調小令△原失板今水磨調填板可贈可不贈

到春來花柳芬芳(韵)聽園林杜宇聲狂(叶)王孫士女堪遊賞(叶)怎不教[作平]心勞意攘(叶)盼才郎甚日回鄉(叶) 雍熙小令

(斠律) 此調實襍曲。見諸雍熙樂府。原非十三調詞格。惟有循例而作。舊譜多弗收。僅南詞定律錄在本宮。原板已佚。今水磨調點板。首隻用贈。次隻以後均不用贈。詞林摘豔收閨才郎四隻。乃係仙呂傍妝臺之誤。非另有他格也。

南雙調 調內各曲。用正工及小工。

鎖南枝 △單用小令　△可贈可不贈　△十三板　△正工

蘇秦印〔句〕范蠡舟〔韻〕兩般兒算來都費手〔叶〕不若且甘休〔叶〕功名一甕酒〔叶〕千年調〔句〕萬世謀〔叶〕到頭來〔句〕總虛謬〔叶〕　沈仕小令

〔斠律〕此曲不若且甘休句。祇五字。舊譜收琵琶一隻且以作六字句為是者。蓋為換頭所誤。凡三四五句作六四五字各一語者。乃係此調換頭。小令例不帶用。故略去。本調作重頭宜各韻。若隻隻同韻便成

套曲

柳搖金 △△摘調小令 △△廿七板
有贈 正工

東風輕颺 韵 名花早芳 叶 園苑日初長 叶 柳嫩
鶯聲可叶巧 句 簾低燕翅忙 叶 閒看會池塘春水 句
沙暖浴鴛鴦 叶 向牡丹叢裏 句 開筵泛觴 叶 天
香滿座 句 座滿天香 句 座滿天香 疊 歡聽素娥
彈唱 叶 朱有燉小令

斠律 此為南柳搖金正格。自玉茗邯鄲記首折製作此調。遺漏三句後。遂多議論。園苑日初長三句。可作扇面對。徐子室附會桂枝香。四塊金。淘金令。銷金帳。柳梢青各牌句法。强列本調爲集曲。不免立異好奇。應遵沈譜爲是。

四塊金　△△摘調小令有贈　△△二十板正工

槐陰滿庭（句）午睡涼新較（韵）荷香一霎（句）繡几花饒笑（叶）窮通事枉自勞（句）瀟灑處因誰惱（叶）酒聖詩豪（句）玉容花貌（叶）可憐宵（叶）要著看魏家（又替）漢家東道（叶）　馮惟敏小令

【斠律】本調有題即淘金令。或轉調淘金令者。大誤。首四句須用隔對。窮通萬事兩

語叶韵平仄亦可變通惟上句勞字若用仄則下句惱字必同時須變平耳末句止七字詞隱譜及欽定譜斷句均誤茲據長洲簡譜訂正

攤破金字令

△摘調小令△廿八板
△可贈可不贈△正工

芳容並月句皎潔如明鏡韵飛來碧海句常在清虛境叶欲問嬋娟句未通名姓叶誰想上方深處句一闌花影叶相逢彼此無限情叶（合頭）疑排廣寒扃叶嫦娥下紫清叶林際風生叶天畔雲停叶纖歌一聲飛露冷叶

梁辰魚小令

【斠律】此調舊譜多列為犯曲。長洲吳先生霜厓云。舊譜將首句至第九句標題淘金令。非是。淘金令。本是犯調。如何可作正曲相犯。且第十句以後。並未明註所犯何曲。已覺糢糊。又載林鉊得一心告天曲。實與此格相同。竟別題作金犯令。尤謬。惟馮子猶徐靈胎等以為係金字令正式。而大成定律仍之。自應認為正調。至於攤破兩字。本出宋詞。南曲如攤破月兒高。攤破地錦花。皆非犯曲。何獨於此曲疑之。謹按犯

調祇限正曲彼此互犯•正曲與犯曲例不相犯•彼持此調為犯淘金令之說者•實已不攻自破•茲從長洲簡譜列為正曲•

夜雨打梧桐　△摘調小令　△可贈可不贈　△廿五板　△正工

身材小(句)性格靈(韻)驀地裏乍逢迎(叶)眼波橫(叶)況復香肩偷凭(叶)促急寒溫難敘(應叶)(句)細語惺惺(叶)依稀似聞花外鶯(平平去平平去平)(句)奈匆匆頓別(頓別)一天風景(叶)雞聲五(作平)更(叶)月落可中庭(叶)頃刻人何處(句)鐘開春殿燈(叶)　梁辰魚小令

【斠律】此曲第八句•依稀似聞花外鶯一

語作平平去平平去平。是協律處。須遵守。

去聲處用上聲亦可。第九句按格祇七字。舊譜收緣樓一隻。第九句云歎奴家命薄（叶）命薄天還知否（叶）將歎還兩字。誤襯為正。遂成上五下四兩句。欽定譜末二句作上六下五。亦係正襯未明之誤。

朝天歌

△△摘調小令 △可贈可不贈 △廿一板 △正工

凭闌閒顧（韵）凉風飄井梧（叶）寒日下平蕪（叶）隱 隱丹梯青嶂（句）遥指東歸路（叶）藍橋懷舊侶（叶）秦樓誰做主（叶）正是俺對景牽情（句）愁見那寥

寥雲際（句）飛送過雁兒孤（叶）　常倫小令

（斠律）舊題作嬌鶯兒。實係朝天歌之一調二名。又有誤作朝元令者。更不知朝元令固另有其本格在也。按此調在套曲中不常用。姑錄存以廣程式。

朝元令　△摘調小令　△正工
　　　　△有贈　　　△正曲廿八板
　　　　換頭二十六板

山光水光（斷）寫出瀟湘樣（叶）詩狂酒狂（叶）演就江湖量（叶）小小扁舟（句）隨波來往（叶）眼底乾坤溶漾（叶）星斗低昂（叶）雙裙捲成風月囊（叶）兩過

輞川莊叶雲生綠野堂叶(合頭)高情見訪叶休負了酒懷詩況叶酒懷詩況疊(換頭)隨身藜杖叶行過芳草堂叶步步惹花香叶得句撚髭鬚句咨嗟嘆賞叶忽聽村童嘲唱叶一曲滄浪叶爭如爾曹隨口腔叶閃脫是非場叶蹬開名利繮叶(合頭)高情見訪叶休負了酒懷詩況叶酒懷詩況疊

馮惟敏小令

斠律 本調有題爲朝元歌者。有認爲集曲者。均謬。作小令一隻。可不帶換頭。且不宜同題一韻疊作數隻。但其隻隻各韻者又屬例外。蓋同韻多疊即將成套。換頭本有三格。小令不常用及。僅錄一格。聊備程式。按海浮此作。計共四隻。列在歸田小令篇中。若究其格局。實是散套。故首隻用正格外。其餘三隻均用換頭。且同一韻。試觀其春遊八隻。則隻隻換韻。且一律均照正曲程式。益足證本調作小令可不用換頭。而山光水光一曲仍是聯套。

銷金帳　△摘調小令　△十八板
　　　　△有贈　　　△正工

松窗半掩、宜韻 句 月落空庭暗、 叶 笑孤身 在、 關門店、

叶 爭奈夜永不寐 叶 剔殘燈焰 叶 西風透入 句

透入 茅簷破苦 叶 起舞雙劍 句 驚落 疏星千點

叶 誰憐瘦了 句 瘦了 蒼蒼鬢髯 叶

梁辰魚小令

斠律 此調用作小令。以一隻為當行。兩隻勉可通融。然不宜同韻。以曲調咽抑淒訴。一隻便足盡情。同韻兩隻。反不易加深聆賞。至用一韻疊作數隻。則又將成套曲。不能視同小令矣。曲中首句。舊作多不用韻。細按樂譜。仍以用韻為正。透入茅簷破苦及變了蒼蒼鬢鬢句。雖係四字句法。但兩襯必不可省。且須以頂真格出之。殆成定式。欽定及詞隱兩譜斷句分襯。未能盡合。徐子室強分數格。亦屬牽強。茲據板式並予訂正。

錦法經 △△摘調小令 △△原失板
　　　 △△正工　　 △△今水磨調填

板可贈可不贈

身又慵(韻)心又慵(叶)身心不放鬆(叶)繡枕羅衾與誰共(叶)芳心冗冗(叶)閒情種種(叶)又添上(讀)弄秋波(讀)兩眼春愁重(叶)恨鎖眉峰(叶)將一星

星淚血〔句〕都流得我臉兒紅〔叶〕　崔子一小令

〔斠律〕此調作者不多。各譜分襯斷句。互有長短。長洲吳先生霜厓云。定律大成皆引此曲及燕子箋盟已成一隻。將還有箇作十一字斷句。心終未安。故作兩讀。庶作時。亦不費力。按燕子箋第七句云。還有箇未見面文鴛難合頸。大成定律均作十一字斷句。至本曲第七句又添上各語。舊譜多判上六下五各一句。徐子室復將前四字作襯定秋波兩眼春愁重為七字一句。

以此調原始板式已佚。未便輕議得失。玆照長洲簡譜。仍定為兩讀並援詞林摘豔列為小令。

江兒水　△摘調小令　△廿四板　△可贈可不贈　△小工

江水明於練（句）秋雲薄似棉（叶）奈扁舟飄忽如飛箭（叶）看牀頭翠被餘香捲（叶）囊中秀髮和愁纏（叶）怕睹社前歸燕（叶）何日重來（作平聲叶）（句）還向舊家庭院（叶）　梁辰魚小令

斠律　本調一名岷江綠。與古江兒水無涉。北調清江引一名江兒水者。尤與此調無關。第二句正格祇三字。亦有加冠二襯字。與首句五字作對者。辰魚此作。即係一例。秋雲兩字。固不得視同正字也。何日重來句。應叶。又此調作小令。必用贈。若疊作兩隻。次隻可不贈矣。

風入松

△單用小令　△小工

△今水磨調可贈可不贈

原詩餘嘌唱板式

紫煙衣上繡春雲〔韻〕鶴馭成群〔叶〕碧桃花片隨流水〔句〕引漁郎煙霧紛紛〔叶〕一曲瓊音懶奏〔句〕半瓢金醴先醺〔叶〕　楊慎小令

【斠律】此即詩餘也。入曲後祇用半闋。雙調中尚有一體。與急三槍聯用者。係南調過曲。專入套用。與此無涉。至本曲。係屬單用。在曲中向用爲引曲。故舊譜有題作風入松慢者。以示區別。不知詩餘原調。係小令而非慢詞。入曲後。並未翻製。固仍襲嘌唱舊節。點具板眼。如何能附會於慢詞之列。其以點板眼爲俗格者。實不盡然。大成譜獨錄板眼。殊具卓識。至舊譜所列沈伯英博陵族望著中原一隻例係散板。作引子用。愼毋相混。又本調原係詩餘。南北同源。北調通常第二句作五字語。南調則常作四字語。但均援詩餘板式。與曲調板式不合。茲仍備存。以見嘌唱法度。

步步嬌　△△摘調有贈小令　△△十三板小工

仄仄平平平平仄

眼底雲山皆愁緒（韵）慘淡花深處（叶）春光有似無（叶）人夜狂飈（叶韻）（句）雨又朝和暮（叶）恁般雨雨更風風（句）天還不惜離人苦（叶）　沈自晉小令

斠律　本調用仄韵處。須上去相間。四五兩句。本係五字句法。然諸家所作。有作四字二句者。如唐伯亨云幾朶江梅半折微露是也。有作上四下五各一句者。如此曲入夜狂飈雨又朝和暮是也。自琵琶作四字二句後。通常率援例填製。幾成定式。此調首句應仄仄平平平平仄。舊譜或題作步步嬌近者。誤矣。

玉嬌枝

△△摘調 小令 △△廿九板
△△無贈 △△小工

風來月上韵共徘徊歡咱舉觴叶玩湖山陶寫閒情況叶是不是塞滿詩囊叶九應平秋平飄應仄墜應平桂應平子仄香平叶三春掀起桃花浪叶問行藏江湖廟堂叶

費神思沉吟半晌（叶）　馮惟敏小令

【斠律】玉嬌枝一作玉交枝。本調正格。第四句原應上二下三。而諸家移襯作正。遂成上三下三六字一句。幸係搶板而過。似實還虛。仍屬五字音律也。第五句應用平平仄平平仄平。其有作平平仄仄仄平平。或仄仄仄平平仄仄平者。均非正音。又本調自第五句以後。均須用偶。惟末兩句。亦可以疊語出之。若不疊仍以用偶為是。

玉抱肚　△△摘調無贈　小令　△△十九板小工

驚回殘夢韻月當庭簾陰幾種叶是誰家玉笛聲飄句把梅花曲中三弄叶不勝清怨滿東風叶花自芳菲水自東叶

沈仕小令

斠律　本調首句第三字必用平聲因與玉嬌枝五併養板式相近且首句俱四字起式而玉嬌枝五併養首句第三字則用仄聲賴以區別簾陰幾重用平平仄平最為正格三四兩句應偶又舊譜有題作玉胞肚者大誤抱肚本圍帶通稱玉抱肚即玉帶之意若作胞肚於義難通矣

兩頭蠻

△△單用小令　△小工
原板不明入南調改訂為三十一板

冠兒不戴懶梳妝【韵】髻挽青絲雲鬢光【叶】短金釵【句】斜插在鳥雲上【叶】我這裏喚梅香【叶】開籠箱【叶】選一套縞素衣裳【叶】打扮的似西施般模樣【叶】西施般出繡房【叶】你與我便捲簾兒【句】我便燒一柱兒夜香【叶】　無名氏小令

【斠律】此係雜曲。兩頭蠻一作兩頭南。九宮正始以南曲板式點板判隸雙調。混入南譜已久。姑援北譜不廢漢東山例。登錄以廣程式。

對玉環 △入南作單用小令 △小工 △無贈 △廿七板

留住青春（應韻）句 人間日月長 韻 遠離紅塵 句 壺中天地敞 叶 清班鵷鷺行 叶 皇家麟鳳網 叶 撤手由咱（作平）句 英雄會忖（作平）量（作平）叶 信口隨他 句 漁樵閒論講 叶

常倫小令

斠律 此隻本是北曲。後人去乙凡作南調唱。樂律與詞章。南北俱無別也。因去乙凡。聆賞稍有異趣。樂律固未變更。本調入南譜。係單用曲。在套內亦以獨用居多。

清江引

△入南作單用小令 △小工 △無贈 △十七板

花間春來處處有【韻】綠遍紅嫣透【叶】鶯啼荏苒歌【句】燕雨喧和候【叶】沽來一樽花下酒【叶】

朱讓栩小令

【斠律】本調借北作南。一名江兒水。但與双調聯用曲中同名江兒水者。絕無干涉。此曲入南去乙凡作小唱。間亦列為散板在套內代弔場。總係單用性質。明人改題曰玉溪清。亦屬無謂。本格具見北譜。至南劇中。以此曲用作武場時。亦係獨立地位。幸毋以聯用視之。

孝南枝 △△犯調小令 △正工

（孝順歌首至末）情難盡 句 念怎忘 韵 西風蕭瑟起洞房 叶 明月照空廊 叶 梧桐清影涼 叶 人孤夜長 叶 鞋折金蓮 可叶 句 鏡破菱花樣 叶 香冷荳囊 句 被捲芙蓉帳 叶 （鎖南枝換頭末四句）掩綺窗 叶 倚繡牀 叶 思憶雪衣娘 可句 叶 在何方 叶

梁辰魚小令

斠律 此曲以孝順歌為主。則犯鎖南枝末四句。一名孝南歌。案欽定譜強將孝順歌末二句併作鎖南枝頭。不可據。依板式係犯換頭末四句。

江頭金桂 △△犯調小令 △正工

（五馬江兒水首至五）誰着你當初相見韻又不覺春風二三換年叶教咱朝夕苦掛句夢枉心偏叶記鴛衾一夜眠叶（金字令五至九）受盡人萬語千言叶勸咱休戀叶我欲待將他撇下句恐枉費從前叶待不撇教（作平）人又作話傳叶（桂枝香末六句）漫尋思幾遍叶尋思幾遍叶終難割斷叶這姻緣叶怎說得空惹旁人笑句若負恩時是負天叶陸之裘小令

犯律

本格以五馬江兒水別犯他曲。其中犯攤破金字令處。諸譜或作犯淘金令。或作犯柳搖金。蓋疑金字令為犯曲。且誤以淘金令為本調耳。不知淘金令實是犯曲。金字令固係正調。安得以攤破而疑之。至柳搖金板式。復不相合。亦未便牽附。獨大成譜註記不誤。茲從之。此曲終難割斷句。斷字是借韵。桂枝香用十一句體亦可。

風雲會四朝元　△△犯調小令　△正工
△有贈

（五馬江兒水首至五）春光明媚〔韵〕正是榮歸故里期〔叶〕羨還鄉衣（作仄）錦〔句〕送別千里〔叶〕把驪歌暫止〔叶〕（桂枝香一疊句）〔叶〕開筵列席〔句〕（柳搖金八至十一）無奈離愁（仄）縈懷〔句〕去意徘徊〔叶〕欲綰長條〔句〕長條難繫〔叶〕（駐雲飛四至六）

寫 不盡慇懃意【叶】嗏【格】歎 別後漫相思【句】（一江風六）

（至九）正 是 渭北江東【句】雲暮春天樹【叶】公歸樂有

餘【句】親朋共欣喜【叶】（朝元令末二句）公還念予【句】忠言

正 論也須頻寄【叶】也須頻寄【疊】 朱有燉小令

【斠律】 此曲以五馬江兒水為主。別犯桂

枝香。柳搖金。駐雲飛。一江風。朝元令。故曰

風雲會四朝元。風雲指一江風駐雲飛。其

餘係指與朝元令相聯者共四調。本劇自

琵琶。長洲吳先生霜厓云。此行萬里句。應

作六字。琵琶作早已成間阻。用五字語。於

是作家效之。然是誤也。長長短短非句。亦用琵琶迤迤遠遠式。按格祇有三字。玉簪琴挑云。望恕却少年心性。此望恕却三字。即長長短短迤迤遠遠之原格。又按欽定及詞隱兩譜所註犯調。互有異同。而詞隱所列末句。並少一疊句。誠齋此作。則桂枝香且省一疊句。蓋集曲原無定式。祇以板協為安耳。徐子室强以四朝元為正曲實是附會。明人拈本調作詞。率題為四朝元。蓋簡稱已久。特辨明之。

二犯江兒水 △犯調小令 △有贈 △正工

（五馬江兒水首至五）悶把圍屏來靠（韻）和衣剛睡倒（叶）聽風聲嘹亮（叶）雨打芭蕉（叶）儘（作平）教他窗外敲（叶）（金字令十至末）懶把寶鐙挑（叶）慵將香篆燒（叶）捱過今宵（叶）盼到明朝（叶）這淒涼算來何日是了（叶）（朝天歌末三句）想起來心兒裏焦（叶）悞了我青春年少（叶）撇得奴有上梢沒下梢（叶）　無名氏小令

〔斠律〕此曲收入詞林摘艷小令。原係南調集曲。自紅拂記唱作北調。後來諸家。競相倣效。遂有北江兒水之說。實則北調江兒水係清江引之別名。並無本調。詞隱辨之詳矣。梁辰魚小令。有二犯江兒水一隻。其中五馬江兒水首句。及金字令朝天歌二句。均重四字疊句。即俗所謂北格也。簡稱北江兒水

曲云。風流聰俊（韻）看姐姐風流聰俊（叶）皇都真妙品（叶）羨身兒窄小（叶）性子溫純（叶）不採朱不傅粉（叶）生怕到黃昏（叶）生怕到黃昏（叶）移燈便掩門（叶）要結姻親（叶）須敍寒溫（叶）莫淹留不上緊（叶）願姐姐將歡歛嗔（叶）願姐姐將歡歛嗔（叶）好事要時從

順[叶]那裏見做貓兒的不喫葷[叶]設將重句除去。便與正格無異。故白苧集中。仍題作二犯。不曰北格。可知北北江兒水之說妄也。欽定譜於所犯各曲。頗多傅會。蓋沿嘯餘原譜之誤。不可從。

錦堂月

△犯調小令　△小工
△有贈

(書錦堂首至五)山閣蕭條[韵]花枝瘦損[句]難同舊時容貌[叶]兩淚盈盈[句]空有寄來鮫綃[叶](月上海棠末五句)將萬縷蘭麝纖熏[句]記一點櫻桃紅小[叶]歸期早[叶]看取月下花前[句]那時歡笑[叶]

馮惟敏小令

【斠律】此以晝錦堂為主而犯他調。固是集曲。有不知晝錦堂一調。而以此為正曲者。誤矣。山閣蕭條句。亦可不韵。蘭麝微熏櫻桃紅小二句。宜對。

風入三松 △△犯調小令 無贈 △小工

（風入松首至四）嬌娥一捻粉團香（韵）伏搭定在牙牀（叶）雲魂雨魄多飄蕩（叶）今夜裏寒生羅帳（叶）（急三槍首至四）問玉人（句）攻書史（句）何情況（叶）却不見（句）（風入松三句末）斜月影看看過牆（叶）早些兒睡又何妨

沈自晉小令

【斠律】 双調風入松有譜可作引子或單用者均詩餘。即張于湖東風巷陌暮寒驕一詞也。純引子則第二句作四字語不點板。此曲風入松乃係由北調翻南。與急三槍聯用。為南宮正曲。板式句法均有不同。伯明茲作。係就套式縮成集曲小令。按格應題作風入松犯。以恐與上述二風入松相混。故另立名為風入三松。雖不用贈。亦流轉可聽。

園林好帶過僥僥令 △兼帶小令 △無贈 △小工

（園林好首至好末）作聞時聲喧價高 韻 幸相逢驚群貌超 叶 滿撲着春風懷抱 叶 紅一點酒頻澆 叶 （僥僥令首至末）歌殘猶似縷 叶 話別忍相拋 叶 好伴一葉蘭舟歸瓊院 句 向萬朵花谿入畫橋 叶

沈自晉小令

斠律 此以園林好帶過僥僥令。園林好可贈可不贈。僥僥令則不用贈。今兩調相集。而板式均密。故通體以不用贈為宜也。又此調向混視同集犯。姑仍習錄附本宮各犯曲後以廣程式。

南商調 調內各曲用六字

高陽臺序 △摘調小令 △廿七板
△有贈

半畝蒼菭[句] 一番紅雨[句] 韶光滿眼拋擲[韻] 立盡東風[句] 可能容易收拾[叶] 狼藉[叶] 留他不住春歸也[句] 問那人歸在何日[叶] 望天涯[句] 暮雲千里[句] 杳無消息[叶]

馮惟敏小令

[斠律] 本調與引子高陽臺不同引子係詩餘此則商調過曲也舊譜或失序字非是其下並有換頭作小令例不帶用故略去尚有別格均不用作小令

山坡羊 △摘調小令 △廿六板
△有贈 △古體

學取劉伶不戒 韻 傳示二三閭休怪 叶 沿村沽酒尋常債 叶 梅花開 叶 望青旗籬外來 叶 古來飲者名猶在 叶 賢聖 平 寥寥 平 安在哉 叶 形骸 叶 隨身鍤可埋 叶 狂乖 叶 懷沙賦可哀 叶

沈伯英散曲

又一體 △舊題為山坡裏羊 △時體
△有贈 △廿七板

亂紛紛簾櫳風絮 韻 慢騰騰紗窗香炷 叶 作平 重疊疊江東暮雲 增句 密匝匝渭北春天樹 叶 途路紆 叶 衡湘絕雁魚 叶 巫陽夢遠 夢 遠 魂千里 叶

獨(作平)倚(仄)危(平)樓(平)故人(平)何(應仄)處(仄)叶(合頭)嗟吁叶目斷關河

一紙書叶淒其叶況復東風花落餘叶

梁辰魚小令

斠律　本調計有兩格。學取劉伶不戒一隻作十一句式。源出北格。所謂古體者是也。另一格即辰魚此作。仿自琵琶。計十二句。謂之時體。舊譜所謂山坡裏羊者是也。兩體板式無甚出入。且所謂時體者。不過將前三句。每句冠加三字。既不點板。固與襯字無異。而第二句後。復照原板式增疊句。腔格並未增衍。是前四句。字句雖見增加。樂程固未損益也。不必強列山坡裏羊之名。其理甚顯。時體第七句。琵琶云。幾番要賣了奴身已。本屬七字語。而後之作者忽作上四下三。而在下三上四之間加二襯字。且以頂真格式出之。蓋求聲節之能跳動。弗計句律是否有損矣。第八句。琵琶云。爭奈沒主公婆教誰看取。本祇七字。而時人又在教字上點板。遂誤成八字句。實不可從。總之。古今兩體俱可並存。惟作時

體第七句如不用襯或祇用一襯字均可

照琵琶格式為之如用二襯字則宜作頂

真格式蓋慣例既久不得不衡情循俗至

第八句必作七字句式又古體第七句應

平仄平平平仄平而今體則第八句便應

平仄平平平仄仄矣

水紅花

△摘調小令　△廿四板

△可贈可不贈

弓鞋襪小步難行韻盼回程叶佳期將近叶佳

人才子整前盟叶儘今生叶一夢永定叶再縮（宜平宜平宜平）

合歡羅帶句終久兩同心叶休得要有別情叶

也囉 格 無名氏小令

斠律 本調一名折紅蓮。作小令。宜用贈板。也也囉。為定格。不計韵內。實度曲之和聲也。前半幅本屬三句雙排。亦有將第四五六三句。減去一排者。乃成簡格。又此曲第九句。祇五字。舊譜或作八字。以襯誤正矣。

梧桐樹 △△ 摘調小令 有贈 十七板

西風吹白紵 韵 歌罷人何處 叶 莫道功成 句 肯逐鴟夷去 叶 算 回頭祇有煙波路 叶 吳苑千秋花也 愁無主 叶 越客千絲 句 網也兜難住 叶 剩

相思石上苔無數[叶]　吳錫麒 小令

[斠律] 此調第六句實祇七字一語。舊譜正襯多未分明。往往誤作兩句。九宮正始以之入南呂慢詞。亦誤。又此調每與梧桐枝。梧桐花。梧桐樹犯等調。互混。尤宜注意。

金梧桐

△△摘調小令　△十四板　△有贈

西風落葉繁[句] 有箇愁儂伴[韵] 湖海窮途[句] 卻恨相逢晚[叶] 平生一片心[句] 斗酒英雄膽[叶] 兩鬢黃花[句] 剪燭清宵短[叶] 情深不覺秋光換[叶]

夏完淳 小令

【斠律】商調中梧桐葉金梧桐梧桐樹繫梧桐等牌。皆彼此轉調成製。故句法大抵相似。而本調與梧桐樹尤近。僅五六兩句稍異。至第八句欽定譜作六字語。係誤襯為正。存古此作一字不襯。最是正格。

喜梧桐

△△摘調小令　△十八板
△有贈

春來景物嬌【韻】燕子歸來早【叶】偏俺那有情人【句】一去了無消耗【叶】手抵著牙兒教我好心焦【叶】時景不相饒【叶】孤負了人年少【叶】這其間共誰共誰兩箇同歡樂【叶】

無名氏小令

〔斠律〕此調舊譜每與繫梧桐混為一談。實是大誤。南詞定律收奴是一朵花一隻。是此調增句格。例入套曲。不作小令。又此調以南逐北。故廣正譜亦收入北詞。特板式句法略異耳。

字字錦 △△摘調小令 △四十一板
有贈

人從結綺樓〔韻〕樓傍江亭柳〔叶〕霜林半染秋〔句〕還恐冰肌瘦〔叶〕喜溫柔〔叶〕不覺一見生春〔句〕春生處〔格〕却得喜劇破愁〔叶〕風流〔叶〕池塘酒伴〔句〕引入竹林共遊〔叶〕何期共遊〔叶〕共得沾紅袖〔叶〕

（合頭）聽一曲囀鶯喉【叶】聽一曲囀鶯脆喉【疊】更相（作靜）看坐久【叶】（作靜）看他又濟楚【句】他又喞溜【叶】霎時打併【句】雲雲雨雨【句】花花酒酒【叶】比似那師師小小【句】端端秀秀【句】不道近來還又【叶】

沈自晉小令

〔斠律〕本調格式不一。以用疊字為常格。最宜恪守。因其音程委婉流轉。多疊乃能行腔不滯。作此調必細膩熨貼。一涉豪邁便傷雅致。至第七句。並須以頂真格出之。

集賢賓 △摘調小令 △廿六板 △有贈

梧桐露冷生嫩涼〔韵〕半簷秋浸紗窗〔叶〕玉馬無
情頻鬭響〔叶〕頻驚開夢裏鴛鴦〔叶〕教（作平）人暗想〔叶〕
怨祇怨西風狂蕩〔叶〕空悒怏〔叶〕怎彀倩魂重（作平）往
〔叶〕

沈仕小令

〔斠律〕本調為商調細曲。最婉轉可聽。首
句作平平平去上平去平。是協律處。必遵毋
違。其往往平仄互異者。均係引律就詞之
故。雖辰魚他作亦不免耳。昔時曲工甚盛。能引腔就律。故詞客可一心詞章。稍疏繩墨。末句亦宜去叶。商調內尚
有二郎神一隻與此相似。以其板式係從

此調增衍。未備起結之音。不宜用作小令。作家多將此兩調。相互誤用。故特表而出之。

黃鶯兒

△摘調小令 △可贈可不贈 △廿四板

金井露生凉(韻)染梧桐葉半黃(叶)傷情羞覩芙蓉放(叶)夜殘麝香(叶)樓空畫梁(叶)愁來暗覺如天樣(叶)細思量(作平)(叶)天猶較短(句)不比這愁長(叶)

沈仕小令

(斠律) 本調別名金衣公子。第二句原係六字折腰語。舊譜斷作三字兩句。實誤。至四五兩句又宜按連環調為之。辰角用衣殘麝香。樓空畫梁。以偶語應連環。最為正式。設欲加襯。則兩句用襯均應對稱。其在上句祇加一虛襯字以作單領者。又不在此限矣。按此四字兩句。亦可以叶。惟究非正格。

琥珀貓兒墜　△摘調小令　△十九板　△無贈

貓兒似錦〔句〕終日戲雕簷〔韵〕為甚氍毹也不沾〔叶〕歎琉璃質脆彩雲纖〔叶〕休戀〔叶〕譬如失馬亡羊〔句〕任他拋閃寧〔叶〕　沈自晉小令

〔斠律〕本調在套內例接簇御林後。以清婉可誦。故摘作小唱。末句平仄兩煞。但須據其前二字句之平仄為定。若二字句用平。則末句方用仄也。茲曲休戀二字用仄。故末句宜用平收。

金鶯轉 △犯調小令 △有贈

（金梧桐首至四）三江襟帶寬〔句〕萬里風塵阻〔韵〕疊浪崩雲〔句〕一線通吳楚〔叶〕（黃鶯兒四至六）奇雲小孤〔叶〕軟煙大孤〔叶〕猛聽得麗譙敲罷三通鼓〔叶〕（五更轉末二句）白雁風前〔句〕月冷霜華苦〔叶〕

唐寅小令

〔斠律〕此以金梧桐別犯黃鶯兒及五更轉。按其節拍。五更轉。祇用末二句。或以為犯黃鶯兒兩句。五更轉末三句者。蓋誤於平仄句法彼此偶同。率加剖析。實未究心板式耳。

金絡索

△犯調小令 △有贈

〔金梧桐首至五〕秋英媚小涼宮寄〔韻〕何事干星象〔叶〕日黯草宜平迷〔句〕祇見星月如鉤樣〔叶〕因思天上期〔句〕〔東甌令三至四〕鵲為梁〔叶〕銀漢停梭倦七襄〔叶〕為甚連宵絡緯傳清響〔叶〕〔針線箱第六句〕可也替得天孫織錦忙〔叶〕

（解三醒第七句）長相望（叶）（懶畫眉第三句）且圖他三萬六千場（叶）（寄生子末三句）一年年（讀）一度成雙（叶）一年年一度成雙（叶）還比百歲同鴛帳（叶）　沈自晉小令

斠律　此以金梧桐為主而犯他曲。一度成雙兩句。應是連環調。不限用疊。如梁辰魚散曲云怕立簾邊愁覩欄邊是也。若不作連環。則單用四字一句亦可。全隻板式。極婉抑之勝。作小令者。恒喜用之。此調有題為金索掛梧桐者。非是。首句。時作多用韵。不知用韵便是梧桐樹起格。更有將第五句叶韻者。亦於律無據也。又般涉調內。亦有金絡索。乃係正曲。與此無涉。

金梧落妝臺

△△犯調小令 有贈

（金梧桐首至八）兜羅羅握香（句）分現金身樣（叶）把玩仙風（句）豈承露仙人掌（叶）來從祇樹園（句）指點成千相（叶）不須拳作降魔（句）卻撮合慈悲向（叶）（傍妝臺末一句）可也拈花一色脫籬黃（叶） 沈蕙端小令

【斠律】此以金梧桐別犯仙呂傍妝臺。仙呂宮中少數曲牌。可通六字。故得借宮相犯也。

七條絃

△犯調小令
△有贈

(梧桐樹首至四)離簷風馬馳[韻]粉堞霜烏起[叶]幾夜留君[句]想是終難住[叶](黃鶯兒四至五)殘燈尚熾[句]芳心未灰[叶](山坡羊七至八)衹得眼前 眼前 由他去[叶]路阻關河往返全憑你[叶](香遍滿四至五)奈 衾寒枕冷[句]畢竟有誰知[叶](東甌令三至四)水遠山長幾日歸[叶]今朝又向江頭別 應叶[句](針線箱第六句)思 見 日落潮平是去時[叶](皂羅袍六至七)思君輾轉[句]柔腸九迴[叶](桂枝香末二句)一似東流水[句] 日 夜 東流無盡期[叶]

梁辰魚小令

【斠律】此調本名七賢過關。格式不一。舊譜收雍熙散曲春風花草香一隻。係以金梧桐首四句。犯黃鶯兒四至五。五更轉四至六。懶畫眉首至二。針線箱五至六。皂羅袍六至七。桂枝香末二句。雖犯調小異。但板式甚為明晰。自可參酌采用。至諸譜所收殺狗合鏡二隻。祇云係犯南呂。未詳所犯曲牌。或竟列入襍調。實嫌模糊不清。若究詞格仍宜以雍熙及辰魚此作為準。白苧集中將原曲題為南呂。然梧桐樹固係商調通南呂。援以集曲依首數句曲調為宮調之例。仍應隸列商調。水遠山長三句。原題為金絡索。更屬大誤。殿涉過曲金絡索句法既不相合。而商調金絡索又是犯曲。如何能相配搭。其黃鶯兒二句。復誤題為四犯。皆應係傳刻所訛。長洲簡譜以南呂集曲中。亦有此七賢過關一名。故於商調起犯者特另立新名曰七條弦。茲照式訂正。

黃鶯學畫眉 △犯調小令 △有贈

（黃鶯兒首至六）風雨到重陽韻猛驚雷閃電忙叶老天故阻遊人況叶菊花若未黃叶竹葉愁未香叶怎當冗坐添惆悵叶（畫眉序末三句）中望叶咫尺登高處叶茶磨（作仄）似排天上叶　沈自晉小令

斠律　此以黃鶯兒犯畫眉序末三句。尾音翻高。不甚和諧。以前人有括此作小令者。姑錄存之。

金衣插宮花　△△　犯調小令　可贈可不贈

（黃鶯兒首至七）詞隱昔年心韻琵琶取次吟叶更把九宮各調森排禁叶今日箇珍之似金叶還祇

怕服之未深[叶]幾人開卷試披審[叶]到如今[叶]

（賞宮花末二句）至此風流雖暢好[句]從前聲價總浮沈[叶]

沈自晉小令

[斠律] 此以黃鶯兒別犯賞宮花作商黃調唱●頗具巧思●此曲亦名黃鶯花●

黃羅歌

△犯調小令 △有贈

（黃鶯兒首至末）小隱在山林[韵]客來時坐綠陰[叶]團團芳樹垂清蔭[叶]靜悠悠趣深[叶]冷颼颼氣森[叶]解衣散髮無拘禁[叶]共知音[叶]狂歌痛飲[叶]酒到莫停斟[叶]（皂羅袍六至末）堂高數仞[句]也索費心[叶]

食前方丈句也索費心叶此身之外圖些甚叶

排歌末六句閑中過句樂處尋叶一枝藜杖一牀琴叶由人笑句信口吟叶佳山佳水遍登臨叶

馮惟敏小令

斠律 此曲以黃鶯兒犯皂羅袍及排歌。皂羅袍本列仙呂。用小工。其與商調六字相犯者。是因仙呂中桂枝香皂羅袍之類。多用五六仩。而商調如黃鶯兒集賢賓之類。多用平工尺。調位雖高。旋律輕重。實彼此相等。於是借犯。自不得作為不同調色互犯之藉口。至羽調。原可應以六字。排歌之列在仙呂。本係誤失。今據此益見排歌之應入羽調也。又按藉斆律輕重。借配異宮。僅限特例。並非常規。

御林吽啄木 △△ 犯調小令 無贈

（簇御林首至六）遺音備句 儘細斟叶 為詞源句 憶竹林叶 嗣宗予姪多垂蔭叶 這一派更有誰相聞叶

（啄木兒三句末）恨不弱齡從遊悠叶 精思巧腸分伊任 教我句 作平宜叶 枉自悲歌索淚零叶 沈自晉小令

斠律 此以商調簇御林別犯黃鐘啄木兒。成商黃調集曲。清婉可聽。為伯明自度曲也。錄存於此。以廣程式。

南羽調　調內各曲用六字。亦用小工。

勝如花　△摘調小令　△廿八板　△可贈可不贈

思燕（作平）玉憶楚萍〔韻〕老去愁饑畏冷〔叶〕驀然閒塞鼓烽煙〔叶〕頃刻來飄蓬斷梗〔叶〕博得箇孤舟貧病〔叶〕捱一番朝驚晚驚〔叶〕又一番風行雨行〔叶〕數點秋螢〔叶〕早六花飛迸〔叶〕遏不住鱸鄉歸興（作仄）〔叶〕盼西流可是江城〔叶〕盼西流可是江城〔疊〕

沈自晉小令

〔斠律〕本調別格甚多。以此隻最正。首隻必用贈。次隻無贈。作小令。在一題內不宜同韵疊作兩隻以上。免類套式。至末疊一句。乃為度曲墊腔。與本格無關。九宮正始收江天雪虧心的天下有一隻。在第五句下多六字兩語。是此調增格。作小令多不用及。因略弗錄。

馬鞍子 △單用小令 △原失板
△今水磨調填板無贈

月兒月兒則在天邊廂照韵照的奴家心內焦叶畫簷間玎玎璫璫鐵馬兒敲叶好着我傷懷抱叶是誰人將紙窗兒敲叶負心的句這早晚纔來到叶 無名氏小令

〔斠律〕本調原係紘索襍曲。舊與羽調馬鞍兒混蒙一名。實則馬鞍子可作小令。馬鞍兒列入套曲。固兩不相侔也。況譜原將此曲列爲不知宮調。茲從定律及長洲简譜列在本宮。舊板已失。今水磨調無贈。但亦可用贈唱之。

排歌

△摘調小令　△廿五板
△無贈

日暖樓臺〔句〕花香綺羅（可仄）〔韵〕隔簾偷覷嬌娥〔叶〕多情一種是秋波〔叶〕可意月材軟玉搓〔叶〕臨朱檻〔句〕立翠莎〔叶〕戲將桃瓣打鸚鵡〔叶〕眉輕縱〔句〕步

懶挪、叶 料、應、無、計奈、春何、叶　梁辰魚小令

斠律 此調舊列仙呂。題曰羽調排歌。自應歸入本調。昔人嘗以此曲與仙呂宮諸曲相犯。精頭而忘本也。茲從長洲簡譜訂正。首二句及四五句。均宜用偶。花香綺羅又可以叶。

月中花 △原襍調小令 △今查歸本調 △原失板

勸兄推磨作仄 韻 好似飛蛾投火 叶 你 特故將啞謎包籠 句 我手裏登時 閣 猜破 叶 江心裏 句 把不定船兒舵 叶 祇恁的搬弄情人 句 蜜似酥來和

叶 休道是誰 可 莫道是我 叶 便做鐵打的人 可

其實受不過 叶

張善夫小令

斟律 此係襍曲。沈譜弗收。茲據九宮正始。錄備程式。按十三調中過曲桂枝香亦可別名月中花。與此大異。愼毋混淆。

南越調 調內各曲用小工。

憶多嬌 △摘調小令 △新體第五句疊一句計十五板

△原可贈可不贈作小令必用贈 △十四板

春日暄韵春景鮮叶春徑春堤春草芊叶春谷春林春鳥喧叶春色堪憐叶休把青春等閒叶

夏言小令

斠律 此為憶多嬌古體。其通首叶仄。且在第五句用疊者。乃創自琵琶。號為今體。拈本調作小令。宜重頭。且須用贈。因原調太急。賴贈板以緩其氣。公謹此曲係層層

見喜格遊戲筆墨不必取法僅錄備程式
而已

棉搭絮　△摘調小令　△廿二板
△可贈可不贈

自別郎面(韻)間阻又經年(叶)想起從前(叶)美滿
恩情那樣堅(叶)誓盟言(叶)萬萬千千(叶)你說無
人知見(句)瞞不過青天(叶)不爭你熱悶輕離(句)
倒惹得傍人作話傳(叶)作平　無名氏小令

(斟律)　棉搭絮舊格本用七字一語起式
第三句並作六字句法此曲起處則作四
五兩語第三句復變成四字是為新體明

人傳奇率多從之。此調尚有換頭。作小令多不帶用。因略去。

浪淘沙　△原詩餘嘌唱板式　△今水磨調無贈

一日一酕醄（韵）怎保來朝（叶）千思萬想爲誰勞（叶）漢闕秦宮空罷了（句）誰是王喬（叶）

康海小令

斠律　此即詩餘也。尚有換頭。將首七字變作三字二句。作小令一隻可不帶用。長洲吳先生霜厓云。宋詞譜之傳於今者。僅風入松與此調。大成及定律入引子後。又作正曲極是。按羽調內有賣花聲一牌。恒與本調互蒙其名。實則絕不相同。固係兩調。不得如詩餘以賣花聲為浪淘沙之別名。又越調引子浪淘沙係用散板。此則有板眼入過曲。而其板式則由詩餘而來。不甚合曲。惟珍此鑯羊。仍備存之。

桃花山　△△犯調小令　有贈

〔小桃紅首至八〕門前一樹向誰家（韻）早時節逢初夏（叶）也（格）湖上薰風（讀）洲上晴霞（叶）紫鳳綵天葩（叶）更玉窗邊（句）茜紅紗（叶）已三三見（句）開和謝（叶）也（格）

（下山虎七至末）空對著一硯疏香憶夢華〔叶〕湖山尚似昨〔叶〕展雲裙踏雁沙〔叶〕倭髻妝成乍〔叶〕下階采花〔叶〕可也同青李來禽寄與咱〔叶〕　吳梅小令

〔斠律〕　此以小桃紅為主別犯他曲。小桃紅異格頗多。故諸譜程式不一。然均以小桃紅首至合與下山虎中幅以後句調互犯則固相同也。舊名小桃下山。各家散曲。每見援用。長洲先生此作係小令。而愚喜歌其詞。因亟錄存。俾免湮晦。

憶鶯兒　△犯調小令　△無贈

（憶多嬌首至四）春思（作仄）況韵　春水深叶　萬點飛英滿客襟

叶　容得漁郎來此尋叶　（黃鶯兒五至末）紅稀翠陰叶　香

銷錦林叶　惜春無計愁還怎叶　免傷心叶　貪他

結子句　莫恨曉風侵叶　　沈自晉小令

斠律　此以憶多嬌別犯黃鶯兒。雖不用

贈。亦紆徐可聽。越調集曲。大率宜作小令。

以前輩採用不多。故僅錄常用各牌。以備

程式。

附錄襍調 以次均係冒襲南十三調之襍曲。

美櫻桃 △△襍曲小令失板

懶梳懶整烏雲鬢 韵 寬褪寬褪繡羅裙 叶 默默無言暗消魂 叶 恨人遠天涯近 叶 良宵虛度 句 也祇作仄為君 叶 湘紋空展 句 也祇作仄為君 叶 沉鱗斷羽無音信 叶 鸞鳳散 句 鴛燕分 叶 何時得見俺那少年人 叶 無名氏小令

斠律 此曲見雍熙樂府。與古江兒水皂羅袍諸曲聯一套。列在首隻地位。至詞林摘豔所收為重頭小令四隻。第一隻即此曲文。其二云懶修懶寫平安字。其三云懶行懶出門兒外。其四云懶描懶把眉兒畫。與雍熙迥不相同。或此類襯曲。本係單唱。間被采入套前作插曲用。與套內正曲不相涉也。舊譜均不收。姑照雍熙補入。聊備參攷。

紅葉兒　△襯調小令　△失板

淚滴濕殘妝面（韵）和風吹柳棉（叶）靜悄悄（句）獨宿在閒庭院（叶）怕春寒門半掩（叶）金釵兒劃損在綠苔前（叶）今朝去甚時旋（叶）何年月日（句）得

見俺（這）情人面（叶）空教（作平）奴倚危樓（句）跌腳（埋）怨
天（叶）天（叶）月圓人未圓（叶）　雍熙小令

〔斠律〕本曲亦係襍調。或以為用一江風起犯。故又題名為秋風紅葉兒。實是附會。首句係六字起。與一江風無涉。門半掩句。掩字係借韻。怨天句又可仄平易叶。如同調第四首云。茶湯不到（句）羞（叶）無言凭畫樓（叶）是也。月圓人未圓後。詞林摘艷又多月團圓三字一句。係疊腔襯句。平仄不拘。與本格固無關聯。茲依九宮正始錄式。酌予校訂。本調各南譜均收。凡褉曲混入南北詞後。而為聯套習用者。均視同曲調。所加板式。亦係南北詞板式。原調既因板易而失始格。正襯遂亦僅能就曲中板式判定。故諸譜登錄字句。恆相出入。挖殘存疑。是乃得之。快意曲說。竊不敢同。

兩頭蠻

△褉調小令
△失板

堪憐堪愛韻倚定門兒手托則箇腮叶好傷則箇懷叶一似那行了他不見則箇來叶盼多則箇才叶萬紫千紅明媚色叶桃花一可平剛可仄開叶杏可平

花一剛開（可平 可仄 可仄）〔叶〕教我無心戴〔叶〕也是我命乖〔叶〕也是我命乖〔叠〕也是我前生少欠相思債〔叶〕

無名氏小令

〔斠律〕此亦襍曲。九宮正始列入不知宮調。與雙調兩頭蠻不同。桃花一剛開。杏花一剛開兩句。亦可作平平平仄平。平平平平仄仄不。必限作連環調也。十十一兩句則必作連環調。末以七字一句收之。九宮正始收滅竈記一曲云。與兵援寨〔韵〕直走韓都休自在〔叶〕把韓圍〔句〕駭得他城門不敢

開叶禁樵柴叶祇待三月工夫見析骸叶
俘囚納款來叶全師聽奏凱叶那時節心
方快叶教人稱將材叶教人稱將材叶我
是普天下都元帥叶其平仄句法較整齊
可誦•那時節句•似應將節字作襯判為五
字句式•以無板可查•姑仍其舊•併錄於此•
以供參證•

對美人　△雜調小令　△失板

青銅鏡兒句各自人收着一半韵金鳳釵兒句
各自人收着一隻句應叶記得咱對天發願叶曾把

香燃髮剪[叶]空設下些誓盟願[叶]有甚麼虧心的事[句]教我怎生埋怨天[叶](合頭)天山遙[句]天又遠[叶]不知那一日[句]和你(作平)重相見[叶](作平)重相見了時[句]好一似沙裏淘金[句]果然是難得見[叶]

樂府群珠小令

[斠律] 此曲失板。亦係北地襍曲而入南唱者。第二句起韵。半字係借韵第四句應叶。第五第七兩句又可作上二下五及上三下四。如同調第四首云。幾時和你成姻眷。則願你早早團圓兩句是也。詞林摘艷

所錄字句稍有出入，沈譜及定律均弗收存。蓋正式套內，從無聯用此牌也。茲照九宮正始列錄，以廣小令程式。

南北曲小令譜卷下　終

南北曲小令譜　終

中華語文叢書
南北曲小令譜

作　　者／汪經昌 著
主　　編／劉郁君
美術編輯／鍾　玟

出 版 者／中華書局
發 行 人／張敏君
副總經理／陳又齊
行銷經理／王新君
地　　址／11494 台北市內湖區舊宗路二段181巷8號5樓
客服專線／02-8797-8396　　　傳　　真／02-8797-8909
網　　址／www.chunghwabook.com.tw
匯款帳號／華南商業銀行　西湖分行
179-10-002693-1　中華書局股份有限公司

法律顧問／安侯法律事務所
製版印刷／維中科技有限公司　海瑞印刷品有限公司
出版日期／2019年5月再版
版本備註／據1965年6月初版復刻重製
定　　價／NTD 500

國家圖書館出版品預行編目（CIP）資料

南北曲小令譜 / 汪經昌著. — 再版.— 臺北市
:中華書局, 2019.05
面； 公分. —（中華語文叢書）

ISBN 978-957-8595-76-7(平裝)

853.286　　108004144

NO.H2088
ISBN 978-957-8595-76-7（平裝）

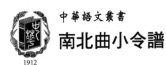